桂梅老师

李红梅◎著

中国言实出版社

图书在版编目(CIP)数据

桂梅老师 / 李红梅著 . -- 北京：中国言实出版社，
2022.10

ISBN 978-7-5171-4319-2

Ⅰ.①桂… Ⅱ.①李… Ⅲ.①散文集—中国—当代
Ⅳ.① I267

中国版本图书馆 CIP 数据核字（2022）第 177461 号

桂梅老师

责任编辑：代青霞　王战星
特约编辑：龚婵娟
责任校对：张　丽

出版发行：中国言实出版社
　　　　　地　　址：北京市朝阳区北苑路180号加利大厦5号楼105室
　　　　　邮　　编：100101
　　　　　编辑部：北京市海淀区花园路6号院B座6层
　　　　　邮　　编：100088
　　　　　电　　话：010-64924853（总编室）010-64924716（发行部）
　　　　　网　　址：www.zgyscbs.cn 电子邮箱：zgyscbs@263.net

经　　销：新华书店
印　　刷：北京盛通印刷股份有限公司
版　　次：2023年1月第1版　　2023年1月第1次印刷
规　　格：710毫米×1000毫米　1/16　13.75印张
字　　数：165千字

定　　价：58.00元
书　　号：ISBN 978-7-5171-4319-2

▲ 2022 年 9 月，云南省文旅厅、云南省文联在昆明长水国际机场举行庆祝仪式，祝贺话剧《桂梅老师》荣获第十七届中国文化艺术政府奖"文华大奖"

▲ 2021 年 11 月，话剧《桂梅老师》在丽江华坪上演，桂梅老师应邀上台

目录

从桂梅到红梅：爱是一种传递

红梅要出新书，取名为《桂梅老师》，邀请我作序。我欣然"从命"。

张桂梅是"时代楷模"、"七一勋章"获得者，她的事迹感动了无数人，她所创办的华坪女子高级中学改变了上千个女孩子的命运。

善莫大焉！她的故事应该让更多的人知道。

红梅是个有爱心的人。2009 年红梅偶遇张桂梅，两人开始相识。从此，红梅暗暗下定决心，要把张桂梅的故事搬到话剧大舞台上，让更多的人知道张桂梅。

爱是一种传递！红梅执意要做爱的传递者。正如她常说的那样，一个人一定要发光，再弱的光也是光。只要能发光，就能点燃光明，照亮些许黑暗。

转眼到了 2020 年，红梅兑现了自己当初的诺言，话剧《桂梅老师》破茧而出，可谓"十年磨一剑"。

我在北京观看了这部话剧，深受感动。它通过一个个日常生活中的小故事，讲述了"时代楷模"张桂梅的感人事迹，塑造了一个有血有肉、可敬可亲的英模形象。

令人欣喜的是，这部话剧没有在舞台上孤立地塑造英模，也没有将英模的成长与时代割裂开来，而是让"这一个"形象不断地与更多的人、更多的角色产生联系，赋予张桂梅的精神以成长、发展的坚实土壤，从而开创了英模人物题材创作的新模式。

说到底，文艺的终极目标是为人民服务。在话剧舞台上，就是要用真情的表演去打动观众。毫无疑问，话剧《桂梅老师》做到了这一点。

它成功地塑造了一个平凡而又真实的张桂梅形象，于平凡中体现了不平凡，让张桂梅能够被看得见、摸得着，可亲、可爱、可信。

因为真实，所以感人。

红梅是个执着的人。继话剧之后，又创作了《桂梅老师》一书，即将在中国言实出版社付梓出版。

这本书在话剧剧本的基础上，融入了红梅个人40余年的从艺生涯，讲述了李红梅与张桂梅相识相知相惜的故事。既讲桂梅，也讲红梅，"两梅"交相呼应，形成一明一暗两条叙述线，纾徐清新，向读者展示了不为大众所知的"两梅"故事，可读、好读。

欣闻话剧《桂梅老师》已经获得第十七届文华大奖，可喜可贺。相信这本书的出版，能更好地传递大爱，让更多的人加入传递爱的链条。正如央视《领航》节目里说的，长大后我们就成了你。祝愿有更多的"张桂梅"加入爱的链条，所有的爱汇聚起来，才是真正的大爱无疆。

如果说张桂梅是燃灯者——燃烧自己、温暖众人，那么李红梅就是执灯者——高高举起火种，传递大爱。

从这个角度上说，两人都是"时代楷模"。

是为序。

（中国文联副主席，中国戏剧家协会主席）

2022 年 9 月

生命的互文：桂梅与红梅

互文，是文法，是修辞，是对相映成趣、互为转注、彼此说明的文辞表达想象的概括。但是，我这里想要说的，是身边一对特别的人。她们用自己的生命，显现了彼此注释的社会功能；她们彼此彰显，相得益彰。她们就是张桂梅与她的话剧舞台形象的扮演者李红梅。在社会生活中，"两梅"各"一枝"；在话剧舞台上，"两梅"成"一枚"。现象好眩惑！风光好奇特！效果好惊人！

张桂梅是当代中华民族教育视野中的一个高光点，就像 1947 年苏联影片《乡村女教师》里的瓦尔瓦拉一样，是文明的播种者，是自强不息精神的"传教士"，是在"平凡"中做出伟大的跋涉者，是善于行动、勤于实践、长于坚持的非常人。她从一个籍籍无名的普通教师成为感动中国人物，成为"七一勋章"获得者，是"时代楷模"……荣誉花团锦簇，人生风景如画。她的宣言是：一息尚存，就要坚守丽江华坪女子高中的讲台，"倾尽全力，奉献所有，九死亦无悔！"她的行动是：埋头做事，排除纷扰，成就边疆的、大山里的、少数民族那些有机会就可以绚烂绽放的女孩子们的人生梦想！

不知道是不是"梅花缘"让两个女子相遇相知，她们相遇了。

李红梅与张桂梅的相遇，始于2009年7月云南电视台的一个诗朗诵的节目《感恩的心》。诗歌作者王宝社，也是此次获得文华大奖话剧《桂梅老师》的剧作者。朗诵别人的诗，认识诗中的人，李红梅就此和诗歌作者、诗中人结缘。《桂梅老师》创作采风启动后，李红梅深入张桂梅老师的日常生活，进而融入她洋溢在华坪免费女子高级中学毕业了的和在读的每个女孩子身上的希望和感情，最后是融入《桂梅老师》中那个艺术形象……她们再也分不开了。

她们都收获了"名满天下"的效果，彼此映照，相互转注，相得益彰。有趣的是，她们的组合，一个是生活原型，一个是艺术形象；一个活跃在讲台，一个精彩在舞台。但是，她们又像是一对"双生花"，一旦意识到对方的存在，就无时无刻不彼此惦记；一旦走到一起，人们辨认起来还真就有点恍惚了。

不单是别人恍惚，就连张桂梅老师也会恍惚。不知是有意还是无意，有一次张桂梅老师诉说起她不喜欢被记者和摄像机追着堵着包围着的生活。说环境嘈杂，采访太多，不能安心办学，会疏于照料那些大山深处的女孩子。这时，她对李红梅说，不知道怎么搞的，她查了一下自己的日程，似乎，某天的一个电视采访的"出镜"，其实她并不在现场，她好像没有去接受采访，但不知道为什么电视台播出了她接受采访的场面……李红梅哑然失笑，解释说那是一次演出后她——"桂梅"扮演者在接受采访。张桂梅恍然大悟，两人笑作一团……

那以后，张桂梅就经常说，您去顶替一下我。有一次说，今天有一个重要的采访，要不，请您装扮成我上台，去面对记者和摄像机，去接受采访吧……

再有一次，一个公众场合，张桂梅被簇拥着坐下了，大家各自寒暄，在准备开始工作时，忽然听到有人在喊，"张桂梅！张桂梅！来这里坐……"众人回头，惊愕地看到，张桂梅正向李红梅频频招手，连连示意李红梅到她身边去坐。李红梅闹了个大红脸，手足无措地走过去……

还有一次……这样的事情很多，也很有趣。

观众认可，熟识张桂梅的人认可，张桂梅也认可。话剧《桂梅老师》，成为张桂梅与李红梅的"合体"存在。

"桂梅老师"，是戏剧舞台艺术的产物。一个艺术形象，又成了李红梅与张桂梅生命活动的中介，她们从此合为一体，不分彼此，常惦记，常相聚。

李红梅是云南戏剧家协会驻会副主席、秘书长，一级演员。在话剧《桂梅老师》中成功地扮演了张桂梅的形象后，跟她熟识多年的我，觉得她越来越像张桂梅本人了。从声音特点到语言节奏，再到身体姿态，甚至脸部神情，都像是被张桂梅老师"附了体"。有时，生活中聚会或者剧协开会，居然有人自然而然地称呼她为"桂梅老师"，大家莞尔一笑，都习惯了，认可了。

红梅是个好演员，是个演戏"特别走心用情"的好演员。云南省话剧院的《桂梅老师》首演后的第一次研讨评论会上，我在高度认可这部剧演出成功的同时，高调称赞了主创人员中的两位核心人物：一位是编剧王宝社，对他《三湾那一夜》和《桂梅老师》表现出来的成熟编剧所具有的那种杰出创造力与高超智慧感倾情赞美；另一位就是桂梅老师的扮演者李红梅。我一方面惋惜过了年龄的她不能再报"梅花奖"；一方面回忆起很多年前她在云南话剧院排演的《我的西南联大》里扮演一个市井小民角色

"顾嫂"的情形。她所扮演的形象，一出场就"抢戏"。不是她"调度越位"，也不是她"主动加戏"，更不是她添动作、升语调、变节奏去强调自己的"舞台存在感"，而是她本本分分、原汤原汁地演好了规定情境中的这个市井大嫂的形象。一个爽朗、四面迎合、占了便宜还不让人太反感太讨厌的小市民，一个底层生活本领高强的女人，身上练就的市井气和积累的市侩感，不动声色，自然而然。足见红梅演戏，走心用情，观察生活下功夫，舞台表演用全力。她不惮演"小角色"，在"小角色"的扮演中，她追求当"大演员"。她没这么说，但是她一直有这样的特质素养。她演小品，朗诵诗，当配角，策划文艺晚会，慰问部队，文艺"三下乡"……一路实干，一路积累生活经验和提升艺术才能。终于，她与《桂梅老师》相遇，站到了舞台人物的"C"位，走进了艺术表演的高光区……

张桂梅在边远的民族地区播撒理想的种子，李红梅在繁杂的基层文艺工作中捡拾文艺灵感与人生经验。终于，两个胸怀大志的女性以一种特殊的方式相遇了。她们都从底层常态走向了高光时刻，她们都从幕后走到了台前。

她们，注定要在这个尊师重教、珍惜英雄、表彰楷模、繁荣文艺的时代相遇，注定要在迈向实现中华民族伟大复兴中国梦的途中相遇。因为，她们是伟大的进军队伍中行进的人，她们是生命维度相同、情感振幅相同、理想维度相同的人。

生命的互文，是好难得的状态。对于李红梅来说，张桂梅是她艺术创造的原型，是榜样，而模仿其形传递其神，是表演艺术家塑造人物的追求。这一点，观众认可了，张桂梅熟识的学生同事认可了，张桂梅本人也认可了。演员李红梅，艺术生涯至此，夫复何求？对张桂梅而言，李红梅是她的艺术代言。她不想被美化，更不想被神化，哪怕是不经意的一次穿着、一个动作习惯……她对扮演者的要求，从舞台艺术，追踪到了生活细节。

其实，演员与观众之间，那种感染与被感染的关系以及产生的巨大反应能量，是演员和剧目展演的主创人员所追求、所企盼的。演员李红梅和教师张桂梅，就是这样令表演艺术家羡慕不已的一对"演员与观众"的特殊构成。对艺术形象的认可，对生命内容的认同，尽在其中了。她们"双生花"式的生命状态、"生命互文"式的存在，给了我们温馨的感动，令我们肃然起敬。

为着《桂梅老师》一书的出版，让更多的人分享到教师张桂梅与演员李红梅台前幕后的精彩与互动，我在飞机上写下这些文字，献给云南话剧院以及《桂梅老师》主创人员，献给所有关心支持过剧目创作演出的单位和个人。

是为序。

（中国戏剧家协会理事，云南省戏剧家协会主席）

2022 年 10 月

我演张桂梅

话剧《桂梅老师》获得第十七届文华大奖的消息传来，剧组上下一片欢腾。"剧组一路走来不容易，大伙开心是应该的，这个大奖是对大伙辛劳付出的最好奖赏，更是对桂梅老师精神的认可。"我心里想。

当初筹办这个话剧的目的很单纯，就是想把桂梅老师的故事用话剧的形式讲给更多的人听，尽一个云南文艺工作者的责任，压根就没想获奖的事情。但有时候，无心栽柳柳成荫。当你为了梦想全力以赴的时候，意想不到的荣誉反而会接踵而来。

就像桂梅老师，她一门心思要创办华坪女高，吃尽苦头，受尽非难，也只是为了大山里的那些穷苦孩子，哪里会有心思想各种荣誉呢？

我与桂梅老师结缘，是 13 年前的事了。

2009 年 7 月，我在云南省英模表彰晚会的现场，以朗诵剧的形式表演了一个节目——《感恩的心》。这是著名编剧王宝社老师应云南电视台之约创作的反映张桂梅英模事迹的小短剧。

我手捧剧本细细研读，生怕错过任何一个标点符号，从字里行间去悉心体会着桂梅老师的精神世界。

演出结束后，我第一次见到桂梅老师。她瘦小的身影出现在侧幕台，准备上台接受颁奖。借着舞台微弱的灯光，我看到她清瘦的脸庞上始终带着微笑，眼里却闪烁着一汪泪水。一股酸酸的热流冲上鼻腔，内心涌动着的，既是一种崇敬，更是一种心疼。

当她羸弱的身体出现在我面前时，那一刻，我被她深深折服了。

从那一刻起，我心里就种下了一粒梦想的种子，想用我所熟知的艺术形式，将桂梅老师搬到舞台上，把她的故事讲给更多的人听。

十多年来，我一直和桂梅老师保持着密切联系，特别是每年的教师节，我都会给我心中的"女神"——桂梅老师送去祝福。

十多年的交往，让我越来越对这位了不起的女性肃然起敬，也从她的身上汲取了无穷的力量。在我几次陷入迷茫，差点就向命运妥协的时候，是桂梅老师的精神感染了我，提醒我不要忘记自己的梦想。

梅，高洁傲岸，经寒冬而盛放。人们在生活中，常常会说："坚守可贵。"可到底什么才是坚守呢？从桂梅老师的人生历程，我更加理解了"坚守"这个词的内涵和意义。

在桂梅老师精神的鼓舞下，话剧《桂梅老师》终于在 2021 年搬上了舞台。由我饰演的桂梅老师，得到了很多专家的褒奖，受到了广大观众的喜爱和追捧，也得到了桂梅老师的认可。

有观众留言："你塑造的张桂梅，形神兼备，既演出了这个'普通人'的执拗、倔强与脆弱，也以丰富的细节再现了精彩人生之下的真诚、善良、美丽，让以往舞台上较难塑造的英模形象变得真实可信。透过这一方舞台，我们似乎理解了桂梅老师的纯粹与通透，也伴随着'让梦想飞越大山'的誓言，看到了一个大写的人不断寻求精神超越的理想主义情怀。"

一个演员最大的幸福就是获得观众的认可和掌声。

如果说，梦想只是一粒小小的种子，那么坚守就是使这粒小种子生长的清澈露水和灿烂阳光；如果说，梦想只是一只小小的木舟，那么坚守就是这只木舟有力的桨和帆。坚守，能让梦想孕育出最美的花儿。

坚守，是我们一代又一代文艺工作者前进的动力和方向，是我们追求梦想的路上，无悔的选择。

张桂梅如是，文艺工作者如是，各行各业亦如是。

话剧《桂梅老师》至今已演出近 60 场，从南到北，自西向东，人们带着爱与感谢相逢在剧场，相会在不同的城市，我也应该将这份来自五湖四海的爱意记下，亲自回到华坪，回到她的"剧场"，亲口对她说出大家的心意。

于是这一刻，我也在心里暗自对她许下一个坚定的承诺：我要一如既往，用文艺的形式把她的故事讲给更多的人听，用文艺工作者的责任与担当，向社会传递桂梅老师的精神，传递正能量。

《桂梅老师》一书即将在中国言实出版社出版，借此一隅，向关心帮助过我的每一位师长、同学、同事、同行表示感谢；对一路走来，关心支持我的亲人、朋友表示感谢；向一如既往关注支持话剧《桂梅老师》创演工作的每一位同志表示感谢。

李红梅

2022 年 10 月

遇见张桂梅

初"遇"张桂梅

2009 年，参加云南省英模先进颁奖晚会前，王宝社赴丽江采访张桂梅，创作了一个讲述张桂梅故事的朗诵短剧——《感恩的心》，由我在舞台上朗诵。初"遇"张桂梅，我是以文本对话的方式与她相遇的。

一条长长的青色石阶在舞台上延伸，寻找着光的方向，在这旷古的原野上，开辟着梦想的路。两束温暖的定点光组成一个"7"字形光圈，仿佛一对展开的羽翼，暖暖地簇拥着石阶，这条路很长，走在上面也很难。

我佝偻着身子，走在这纵横沟壑的台阶上。每走一步，硌脚的沙砾就提醒着我：这并不是一条平坦的路。每迈上一步台阶，霎时的眩晕，就使我的身子不由得晃一下。为保持身体的平衡，每一次艰难地迈步，我的掌心都会下意识地杵在膝盖上，似乎只有这样，才能借助手掌的力量向上攀登。另一只脚坚实地踩在地上，踩实了再使劲地踏一下，似乎又想借助脚掌的力量，就为踏上这一级级渺无边界的台阶。

尽管每走一步都极其艰难，但我蹒跚的步履，走得那么坚强，又那么坚定。我将去往何方？前路又是怎样？将听到什么样的声音、看到怎样的光景？我想，每一个面对如此跋涉的人都会扪心自问。但我知道，这些都不重要，我会一直坚定地走下去，因为有信仰的力量支撑着，因为最初的梦想，那是光的方向。

"为了一句诺言，你翻越了多少高山，为了一声改变，你承受了多少苦难。生命的长河与你相遇，阳光从此温暖又灿烂……"

随着熟悉的音乐娓娓道来的，是现场观众雷鸣般的掌声，回响在耳畔，久久不能平息。

……

这一幕，是我在话剧《桂梅老师》中饰演"时代楷模"、"七一勋章"获得者张桂梅的最后一幕戏。

热烈的掌声，是观众对我话剧表演的肯定和鼓励，更是对桂梅老师的精神的认可，也让我的思绪回到了13年前那个仲夏的夜晚。

2009年7月，云南省英模先进颁奖晚会上，作为丽江华坪县儿童福利院（华坪儿童之家）院长的张桂梅将作为获奖代表上台领奖。

国家一级编剧王宝社应云南电视台之约，赴丽江华坪采访张桂梅。原定半小时的采访持续了近10个小时，由此创作了一个讲述张桂梅故事的朗诵短剧——《感恩的心》，由我在舞台上朗诵。

当时丽江华坪女子高级中学刚刚成立，默默无闻。于是，短剧内容侧重于讲述张桂梅创办儿童福利院和创办女高的艰辛，以及受到各界关注的故事。

初"遇"张桂梅，竟然是我以文本对话的方式开启的。

▲《桂梅老师》剧照

她的故事让人匪夷所思。我痴痴地望着天空，眼里有些许的空洞与迷茫。看着云轻轻划过破晓的天空，心里萌发了无限感慨。

我手捧文本，仔细阅读，生怕错过任何一个标点符号。文本中的每一个字都敲打在我心上，张桂梅正一步步向我走来。

短剧《感恩的心》文本写道：

1974 年 10 月，17 岁的张桂梅跟随姐姐从家乡黑龙江来到云南。20 世纪 80 年代后期，她结识了爱人董玉汉，从中甸（今香格里拉市）追随着爱人到大理当了一名老师。伉俪双飞真令人羡慕!

她是家里最小的孩子，结婚前，家里的哥哥姐姐宠她；结婚后，爱人董玉汉依然宠她。

在大理喜洲时，她是个衣着时尚、热爱唱歌跳舞、整天与阳光拥抱在一起的幸福青年。可好景不长，1995年，她的爱人因胃癌永远地闭上了眼睛!

为了缓解悲痛，她主动申请调动工作，最终选择了从未去过的华坪县任教。

到华坪后，张桂梅一边拼命用上课来化解内心的创伤，一边用心感受大山里的孩子。

学校里，有的孩子只打饭，不吃菜；有的孩子为了省钱，两三个月不回家一次；有的孩子没有像样的被褥，床上垫的是包装箱的硬纸壳……眼前的情景深深刺痛着张桂梅。

张桂梅开始节衣缩食，努力省下钱来接济家境不好的孩子。她一生没有生儿育女，却选择用真爱点亮无数孩子的希望之光，成为无数孩子心中最亲最真的"张妈妈"。

一个人心中装着谁，为了谁而活着，决定着一个人的境界和格局。张桂梅选择为大山里的孩子倔强而又顽强地活着，这是一种大爱。

2001年3月起，还在民族中学当老师的张桂梅又当上了华坪县儿童福利院的院长，成了众多孤儿的"妈妈"。

儿童福利院刚建成投入使用的第一天，她收留了36个孤儿，从2岁到12岁，一时满院子哭声震天，搅得左邻右舍睡不着觉。张桂梅别无他法，只能一直抱着孩子们，哄他们睡觉。每当有孩子睡不着时，她就带着他们到院子里溜达，边走边哄。

儿童福利院的孩子们年纪尚小，有的还不会上卫生间，经常把大小便弄得床上和裤子上，甚至满院子都是。张桂梅和儿童福利院的工作人员，有时因为清洗这些孩子的衣物、床上用品连连作呕，连饭都吃不进去。

除此之外，很多孩子体质较弱，经常生病。为此，张桂梅经常在医院和学校之间来回穿梭。

"我是一名共产党员，我有一颗火热的心，这颗心里有党、有人民、有学校、有国家、有千千万万的孩子。"张桂梅总是这样斩钉截铁地说。

无数声"妈妈"的背后，是她对孩子们无私的奉献，是她默默守护孩子们的力量。

短剧《感恩的心》文本中的张桂梅，就这样狠狠地撞进我心里，这样的相遇来得太突然，又是那样必然。同样是女人，同样是母亲，我被张桂梅深深折服了。

决定你是什么的，不是你拥有的能力，而是你的选择。张桂梅在多舛的命运中选择了善良，选择了爱，一次次伸手，如明灯般牵引着痛苦迷茫的人走出暗夜；一次次弯腰，如冬日乍现的暖阳，融化残酷的冰冷与暗淡。

无悔的选择

从短剧里"结识"了坚韧不拔的桂梅老师，知道了她所走过的心路历程，不由得让我想起自己艰难的从艺之路。

短剧《感恩的心》让我初识了桂梅老师，仅从文字中就足以让我敬仰这位未曾谋面的老姐姐了。

我常常想，中国古人强调："穷则独善其身，达则兼济天下。"一个人只有发达了，才有能力去帮助别人。可桂梅老师浑身是病，常年与疾病做斗争，自己活下去已是不易，却毅然选择了"兼济天下"这条路，这是为什么？

又是一股什么力量，支撑着她顽强地与病魔做斗争，让她能始终坚守初心，用其怒放的生命，向世界表达她特有的倔强？

是爱，是信念，更是坚守！

为了坚守那个"只要我还有一口气，我就要站在讲台上"的诺言，她一头扎进深山执教40余载。

时间长了，她总会发现有些女孩子在课堂上"消失"。那些如初春绽放的花儿一般的孩子，连世界的面貌都没有认全，就稀里糊涂地回家嫁人、生子，一代又一代地重复着生命的悲哀。

为了能够挽回这些女孩子，张桂梅苦口婆心地去家访、说服，了解每一个女孩子的家庭状况。自愿捐献财物，帮助这些困难家庭，希望女孩子们能够在课堂上继续学习下去。

▲《桂梅老师》剧照

跋山涉水，日夜操劳，她患上了骨瘤、血管瘤、肺气肿、小脑萎缩等多种疾病，多次被医生下达病危通知书，体重从130多斤掉到了90斤。

她想要改变，想让大山里的女孩子都能接受公平的教育。一个大胆的想法在桂梅老师的心里渐渐生根发芽：她想在这一座贫瘠的大山深处，建一所不收费的女子高中！

就像茫茫雪原乍现一抹艳丽的霞，她是那一朵寒风中怒放的梅，孑然一身守在大山里，不慕名利，只为深陷凛冬的孩子们带去希望和温暖。

女高刚刚建校那会儿，没有资金，她就挨家挨户上门"乞讨"；没有学生，她就翻山越岭寻找辍学的孩子来上学。她深知，大山里的孩子要改变命运很难很难，不拼命根本不行。

教育不是灌输，而是点燃火焰。桂梅老师燃烧自己，只为点燃学生心中的火焰。张桂梅的人生仿佛是一面镜子，照着她，也映出了我。

从艺40余年来，我的经历与桂梅老师一样坎坷。同样是有理想和梦想的我们，都选择了一条布满荆棘的路。在这条路上，我们坚守初心，尽管一路走得艰辛，但收获着幸福、成长。

1968年，我出生在大理古城一个白族家庭。父亲是一名军人，母亲是一位教师。良好的家庭教育背景，让我从小就练就了坚强的性格，也为我从事艺术工作创造了条件。

在大理，我慢慢成长。

同样在大理，张桂梅经历了人生短暂而又弥足珍贵的幸福。

人们常说，大理白族是个多才多艺的民族，白族同胞会说话就会唱歌，会走路就会跳舞。

记得很小的时候，一听到爸爸收音机里的音乐响起，我都会挥舞着双手，配合音乐旋律有规律地上下摆动着，似乎是跟着音乐打拍子，又像是天真孩童快乐的律动。

掰一根小树枝握在胸前，这便是我的"话筒"。毫不怯场的我端端正正地站在台阶上，或许仅是磕磕绊绊、有节奏地学着大人说话，但我自认为，那是我在"歌唱"。

院子里，总能看见我扭动着身子，比画着各种动作，仿佛是在跳舞，却又不是真正意义上的舞蹈。

有时模仿街口卖冰棍的奶奶，拖着弯成近乎90度的身子，踮着脚尖从保温箱里拿出一支雪白的冰棍，递给翘首以盼的孩子，馋得我直抹口水；有时又学着古城里卖豆腐大婶的声音吆喝："卖——豆腐嘞——"。

每日清晨，方圆几里地以内的几个村子，不定在哪个村头就会传来一声悠长的叫卖豆腐的吆喝声。那叫卖的声音是那样清澈洪亮，时间长了，街坊邻居拿着大碗小碗朝我们家赶来，大家误以为大婶挑着豆腐来到我家售卖哩。

儿时的盛夏，左邻右舍的叔叔阿姨们总会聚集在我家那棵高大的梅子树下，一边纳凉聊天，一边欣赏我自编自导自演的小节目。父母笑弯了眉毛，总会竖起大拇指鼓励我模仿这个、模仿那个。大家都夸我有文艺细胞，是个"天生的演员"。

1981年，在父亲的支持下，12岁的我如愿考入大理市滇剧团，以"团代班"的方式开启了我的从艺之路。

母亲是教师，她认为小孩一定不能荒废了学业。于是，在众多的"小演员"中我是最累的一个：上午到学校上课；下午回剧团学习基本功，练身段、吊嗓子、唱歌、跳舞一样不落下；晚上，拖着酸痛疲惫的身子回到家，母亲挑灯伴读，辅导我完成学校布置的作业。

学艺的孩子年龄都很小，而我十多岁才真正接受正规的艺术训练，着实让团里的老师们着急担忧。为了让我尽快适应剧团工作，早日登台演出，老师们加大了我的训练量。

每次下乡演出，所有演员都把铺盖行李打成"豆腐块"背在身上，一双演出鞋和洗漱用品、锅碗瓢盆等挂在背包两边，一路叮叮当当就出发了。

起初，大家都乘坐解放牌大卡车，风尘仆仆地来到乡镇，简单吃个午饭，然后又深一脚浅一脚地徒步十多里山路到一个个边远的山村演出。

到达山村时几乎都是晚上了。大家顾不得满身的疲惫，卸下行李就开始铺床。说是床，其实就是在乡村小学的一间教室里铺上"大通铺"，男演员睡在外围，我们女演员一个挨着一个挤在通铺中间。有时，全体演职人员就在舞台上凑合睡。这样的剧团生活是现在的很多年轻演员体会不到的。

我出身于军人家庭，对打背包、负重徒步、过集体生活等军事化课目早已耳濡目染，并自诩"三纵三横"的背包带我打得最规范。可没走几里地，我的背包就像软塌塌的豆腐一样散了架。老演员们看着我磨出血泡的双脚，汗水、眼泪、鼻涕抹了一脸，一副灰头土脸的样子着实可笑又可怜，几个高大的男演员总会一手接过我的背包扛在肩上，一手拽着我继续往前走。

"哇，你们开枪把我枪毙了吧，我实在走不动了。"一声撕心裂肺的啼哭引来剧团上下哈哈大笑。

"阿梅，你既然选择了，牙咬碎了也要坚持下去啊！"这是启蒙老师何国香经常和我说的一句话，至今，我才明白这句话的深刻含义。

　　"滚石不生苔。"人生路长，想要活出真实的自己，唯有坚守，才能获得最后的成功。

　　坚守，是我们一代又一代文艺工作者前进的动力和方向，是我们追求梦想的路上无悔的选择。

　　张桂梅如是，文艺工作者如是，各行各业亦如是。

募捐引起的误会

2009 年，张桂梅辗转来到昆明参加英模先进颁奖晚会，利用空闲时间去火车站"摆摊"搞募捐，被警察误以为是骗子，闹出了一出募捐风波。

2009 年 7 月的一天下午，我急匆匆从单位赶到云南电视台演播厅，第一次与孩子们配合进行朗诵剧《感恩的心》联排。

参演的小演员多数都是在校的小学生、中学生，很多孩子第一次登台表演，刚开始略显拘谨，慢慢就放轻松了。

由于剧本台词和张桂梅这个人物形象早已深入人心，联排很顺利，我和孩子们都投入了剧情中。整个剧目拉通一遍后，孩子们都哭了。先前那个胆小的女孩子也和其他孩子一样跑过来紧紧抱着我，我也紧紧抱着她抽泣的身体。

导演要求我们"趁热打铁"再排一遍，强化彼此配合的印象。于是我们又马上调整情绪，打算重新拉排一次。正当走台、对光、定位时，晚会节目组负责同志的电话响起来了。

"什么？骗子？我们这里怎么会有骗子？"他接着电话大声说道。

所有人都被这个电话惊呆了，他又示意大家暂停排练。

"请您再说一遍，这是怎么回事。"

"哦，你们接到群众举报，一个自称参加云南电视台英模先进颁奖晚会的受奖者，居然在昆明火车站广场拉起大横幅、摆地摊，要为办一所免费女子高中搞募捐。哦，还带着几份报纸，复印了身份证、教师证、获奖证书，她说她叫——张桂梅！"他诧异地重复着电话那头警察同志的话。

"哦，对、对、对，我认识张桂梅，她正是这次英模先进的获奖者。今天上午，她还在电视台演播厅提前走台了呢，她说下午没事想出去逛逛。哎呀，你们在广场上见到的张桂梅不是骗子，她的事迹新华社也报道过的。正因为她是这么一位有爱心的老师，所以被评为英模先进。她不是骗子，不是骗子。"他焦急地解释着。

台上的演员们顿时都怔住了。

"什么？张老师去拉横幅、摆地摊就为了募捐？""她可是英模先进啊，就这样跑大街上向路人要钱？""是啊，还被警察叔叔当成骗子要抓起来。这……这也太委屈了。"大家你一言我一语地议论开了。

我站在舞台上，仰头看向面光灯的方向。这究竟是一位怎样的英雄模范啊？我反复问自己。听到她上街募捐的故事，心里突然酸酸地揪痛着，是不解，是崇敬，更是心疼。

▲《桂梅老师》剧照

我们在台上讲述着她的故事，而她根本不在意自己的形象，随心所欲地做着她认为对的事情。我想，一个人的内心一旦坚定，就什么也不会害怕了。桂梅老师的内心早已坚如磐石，为了大山里的孩子和自己的教育梦想，还有什么可担心的呢？

据说，警察同志验证了张桂梅的身份后，也对她肃然起敬。他们站成一排，庄重地向桂梅老师敬礼、致敬。

张桂梅在创办女子高中的路上，付出的艰辛常人难以想象。她的耳边听到的不是支持的声音，而是连片的质疑和打击声。

没有一个春天不会如期而至，即便寒风凛冽，但春天的种子早已在发芽。

在桂梅老师的坚持下，大山深处的教育荒原变成了郁郁葱葱的杏坛，她扛起了贫困女孩们求学的梦，更扛起了边疆教育的春天。

初见张桂梅

按照导演安排，演出结束后，张桂梅将走到台上领奖，那是我第一次见到张桂梅本人。初见张桂梅那天，侧幕台上的那个单薄的身影令我至今难忘。

我该怎样在舞台上去刻画和演绎这样一位可亲可敬的桂梅老师呀？这个问题时刻萦绕在我的脑海。虽然还没有见到桂梅老师本人，但通过文字资料、网络报道等，我已经了解了她很多感人的事迹。

从她来到华坪，看到女孩上不了学，她倾囊相助，每天生活费只用3元；再到她接手儿童福利院，她的事迹受到社会各界的关心关注……我试图从一个个感人的故事中去感受她、接近她。

舞台的聚光灯，浸着我的每一寸肌肤。台下掌声雷动，回荡在剧院的上空，我长舒一口气。

追着四散的光线，我打量着熟悉的舞台，心里是无尽的感激。我的灵魂似乎从肉体里剥离，灌注了另一个灵魂。

话剧舞台很大，它托起了我的梦想，汇聚着来自世界各地的故事；这舞台又很小，小到所有的鲜花掌声只聚集在有光的地方。

光芒外，是只能悄悄分到细碎影子的侧幕台。余光中，我看见她那羸弱的身影，时不时伸着头，张望着台下。一头干练的短发下，瘦削的脸上架着副黑框眼镜；一身黑色的粗布衬衣，早已洗皱，却打理得一尘不染；若不是胸前闪烁着熠熠光芒的党徽，她的身影早已消失在漆黑的侧幕台里了。

我怀着最崇高的敬意，在台上努力饰演着桂梅老师的一颦一笑，只想和她离得更近些。

她在侧幕台静静地看着，看演员上台下台。她就站在那儿，一动也不动，仿佛从未移开，那双眸子写满了坚强。

演出结束，我怀着忐忑不安的心，走进侧幕台。我哭着，她也哭着，我们的脸上都湿润了，几颗晶莹的泪滴在发着亮光。

她眼里有我从未见过的澄澈。望着，望着，我的心也变得澄澈，霎时一切的忐忑皆已烟消云散。我紧紧握着她的双手，瘦弱、冰凉，还带有些许的颤抖。她略有些紧张，抽出一只手，想去擦拭眼角的泪水。我轻轻地帮她擦去泪水，炽热的泪穿透我的肌肤，伴随着偾张的血液流进心房。

我情不自禁地抱住她，想把自己身体的温度传递给她。她轻轻拍拍我的后背。肌肤相触的瞬间，我们的心也连到一起了，圣洁的倾诉潜滋暗长。

我扶着她缓缓地从漆黑的侧幕台走到灯光璀璨的台中央，我这才真正看清她：因为刚做过一次手术，她的脸庞显得极度憔悴，两眼却炯炯有神。

台下的掌声更响亮了！

她瘦极了！羸弱的身体在台上显得很小很小，却在我心里很高很大，像一束光，始终照亮着我——从我下决心饰演桂梅老师，要把她的故事用艺术的形式讲给更多人听的愿望在心里扎根开始，一直亮到了现在。

那瘦小的身躯，我还能用什么词去形容？敬仰、心疼在交织，还有那难以割舍的怜惜，在我心头汇聚成汩汩的泉，在流淌，在徘徊，荡涤拂晓的尘。

后退，后退，灯光之下，我只想静静地看着她，就像欣赏一幅传世的画。

▲ 2021 年 11 月，话剧《桂梅老师》演出结束后，张桂梅与小演员亲切交谈

辞别张桂梅

我心中对张桂梅是无比崇敬的，但又特别心疼她。在她离开昆明即将返回华坪时，我急匆匆地跑到商场买了一件礼物送给她。

那天一大早，桂梅老师打电话给我，告诉我当天演出结束后，她就要返回华坪了。我想请她吃饭，她不同意；想挽留她多住几天，可她的孩子们还在焦急地等待着她回去呢。我想送她一些礼物，可不知道送什么合适。

距离她出发只有两个小时了。我急得团团转，心想：总要送她些礼物吧。

我赶紧打车到了5公里外离剧场最近的商场，准备给桂梅老师买礼物。

这时，我爱人洪昌正好打电话过来。他出差回来，想过来看我的演出，我在电话里简单和他说了我的想法。他了解我的性格，我想做的事就一定要做到。

洪昌建议我买些好吃的、有营养的东西给桂梅老师带回去，她的孩子们肯定会很喜欢，我也觉得是个好主意。但桂梅老师要辗转回到华坪，坐车也得十多个小时，东西带得太多就太累赘了。

我提议给桂梅老师买一套衣服，厚一点的，她穿着暖和。这时，我的眼前又浮现出她那单薄颤抖的身影。于是，我加快脚步冲进商场，一刻也不想耽搁，就想快一点选一套合适的衣服送给她。洪昌二话不说，驱车过来帮忙。

我们在商场里逛了一会儿，总找不到心仪的衣服，不是颜色太艳丽，就是款式太新潮。我想，尽管桂梅老师在大理喜洲时，经常穿颜色鲜艳的衣服，是个能歌善舞、性格活泼的老师，更是个时尚快乐的姑娘，但这些年过去了，凡是电视上、报纸上看到的桂梅老师，都是很朴素的样子。

这时，一套端庄的深色套装吸引了我。那是时下最流行的款式：一件中长款外衣配一条直筒裤。我双手捧着衣服，来回在身上比一比，大小、样式我都很满意。

"我和她差不多高，我们都是清瘦型的身材，我觉着她穿一定合适。"我高兴地说着。丈夫早已走到收银台付钱去了。服务员迅速拿来装衣服的礼盒，按照衣服原来的折痕规规整整地把衣服叠好，放在盒子里。

"那就快走吧，还愣着干什么？"洪昌催促我。

我释怀地挽着他的胳膊走出了商场。

时间快来不及了，我赶忙打电话给桂梅老师。在确认她还没有去车站后，我便请求她多等我一会儿，我一定要来送送她。桂梅老师答应了。我们赶到剧场时，她正站在剧场门口。当我远远地看到她那羸弱的身影，一想到要送她回华坪，鼻子就突然一阵发酸。

"桂梅老师，这套衣服您一定要收下。我们俩身材差不多，我比过了，您穿上一定很暖和。天气凉了，您要多注意保暖，多注意身体啊！"

"干吗还给我买衣服呀？真是的，我有衣服，这不，都这么厚呢。"她双手扯了扯自己的衣角。那分明是一件单薄的外衣。

"桂梅老师，您别客气，这又不是什么贵重的礼物，这是红梅的一点心意。"洪昌连忙把装着衣服的礼盒递给桂梅老师，又顺手把桂梅老师手上的行李接了过去。

"哎呀，这么多东西让我怎么带啊！快拿回去，拿回去！"

"没事，我们送您上车，东西我来拿。"

就这样，我们送桂梅老师坐上了去往汽车站的车，挥手与她作别。

"红梅，我在华坪等着你们，一定要来啊！"她努力探出窗来向我们挥手，声音有些颤抖。

我们看着车远去的方向，久久说不出话来，直到那辆车消失在转弯的地方。

桂梅老师回去了，回到了她割舍不下的华坪。

从送桂梅老师回去的那一刻起，我心中就升起了一个梦想：我要把桂梅老师的事迹用我熟知的话剧形式搬上舞台，把她的故事讲给更多的人听。

再演《感恩的心》

2020 年 7 月，云南省话剧院为庆祝建党 99 周年，创作了"如歌的岁月 永恒的青春——庆祝建党 99 周年故事汇"节目，我们再次把当年的短剧《感恩的心》缩编后搬上了舞台。

2020 年 6 月，云南省话剧院导演唐伟和常浩找到我，说院里想复排短剧《感恩的心》，作为云南省文旅厅主办的"庆祝建党 99 周年故事汇"的一个节目，希望我能再次出演桂梅老师。

听到这个消息，我喜出望外，立刻就答应了。再把桂梅老师的故事搬上舞台的想法，已经在我心里埋藏多年了。

根据节目组的创意设想，常浩导演在 2009 年版本的基础上，做了一次大的修改，把多人表演改为一人独白。

听着常浩导演的介绍，我对再次出演桂梅老师充满了信心。

在演出当天，我提前几小时到达昆明剧院小剧场，简单和导演、交响乐队的老师们交流了一下，就进行了联排。

当我蹒跚着走到舞台中央，音乐渐起，伴随着小提琴悠扬的旋律，我开始讲述桂梅老师的故事。

情到深处，我哽咽着，抽泣着：

> 我在亲情上，犯下了不可饶恕的错误。在教育扶贫的事业上日夜奔忙，难免愧对了亲情。我哥哥病危时，姐姐央求我回家，但为了让企业家支持我办女高，我错过了与哥哥告别的最后机会，甚至也没来得及见姐姐最后一面，这是我一生的遗憾和愧疚啊……

现场观众，包括乐队老师们都被我带入了桂梅老师当时的心境中。我用余光瞥见一位乐队演奏员，她的泪水滴到了琴弦上，本该响起的音乐却在那一刻停顿。

▲ 2020年7月"庆祝建党99周年故事汇"上，短剧《感恩的心》再次上演

我继续着我的讲述，那位乐队演奏员猛然发现自己出错了，赶紧调整过来，又跟上了演出节奏。

　　我生来就是高山而非溪流，我欲于群峰之巅俯视平庸的沟壑。我生来就是人杰而非草芥，我站在伟人之肩藐视卑微的懦夫。

桂梅老师心底的呼唤赢得现场阵阵掌声。

"我志愿加入中国共产党，拥护党的纲领，遵守党的章程，履行党员义务……"

现场的全体党员同志面对鲜红党旗，重温入党誓词。那高亢的声音，在剧场久久回荡。

作为一名党员，我非常愿意以这样的方式来讲好云南故事，传递桂梅老师的精神。能够在这样的日子里，以自己挚爱的艺术形式来呈现时代楷模、时代英雄，我感到非常荣幸。

再次演绎桂梅老师，我更加读懂了她。她是一秉纤细的烛火，却照亮了深山女娃的求学之梦、腾飞之梦，更照亮了她们走出大山的路。

桂梅老师的故事，值得讲给更多的人听。我走出剧场，走在霓虹闪烁的大街上，心底的这个梦想更加坚定了。

我有一个梦想

　　我要创演一台大型话剧，把桂梅老师的故事讲给更多的人听。我把这个想法向桂梅老师报告，并征得了她的同意，她让我放心大胆地去做。

　　沉寂多年，我从聚光灯下退到幕后，甘愿做那个指针背后默默转动的齿轮、星星身旁的凡尘。但为了心中的那个梦想，得再次挑起千斤重担，奔赴人生的另一个赛场。

　　两次在短剧《感恩的心》里饰演桂梅老师，总觉得心里缺少点什么——我不满足于只做个简单的讲述者。

　　"一定要创造机会创演一台大型话剧，深入挖掘桂梅老师的故事，传播爱的正能量。"这个梦想，自从萌发的那一刻起，就深深扎进了我的心房。

但梦想归梦想，自己这些年离开舞台，忙于工作事务，要完成这个梦想谈何容易！说来惭愧，自从 2009 年辞别桂梅老师的那一刻，我就萌发了宣传她大爱精神的种子，但直到 2020 年，这颗种子依然没有发芽生长。

这么多年来，我总自满于自己的梦想，却从未真正地付诸实际行动，只天真地相信总有一天它会实现。最终，梦想搁浅于琐碎的生活之中，沦为空想。

但我始终相信：一个人可以微弱，但要有光，再微弱的光也是光，而且要自己发光，不仅仅是折射别人的光芒。

"如果有人一同上路，梦想就不再遥不可及。"我又萌发了这样的想法。

2009 年，王宝社老师创作了短剧《感恩的心》，他对张桂梅老师的关注也不少，如果他还愿意，是否可以把《桂梅老师》的创作工作接续下去？

▲《桂梅老师》剧照

一个午后，我拨通了宝社老师的电话，试探性地向他表明了我的想法。没想到，宝社老师爽快地答应了，并表示不谈任何条件也愿意促成这件好事。

由于我所在的单位是省文联，并非剧目创作生产的单位，只有话剧院能作为生产单位承接创作任务。我又多方联系，为剧目创作争取更大的支持。

我先向当时主持工作的省话剧院任兵副院长汇报。他很赞成，也认为这个主题的创作目前还不多，也契合新时代弘扬正能量的创作要求，但院里没有专项经费，要承担这样一台大戏的创作比较难。

我鼓足勇气，又向省文旅厅、省委宣传部文艺处相关负责人汇报，同时还向省文联主要领导汇报此事。省文联当即把协助创作《桂梅老师》作为文联工作内容提上议事日程。

征得多方同意后，省文旅厅、省文联同意该剧由省话剧院、省戏剧家协会联合出品，并由省话剧院与王宝社老师顺利签约，正式投入创作。

2020 年 10 月，话剧《桂梅老师》主创团队正式成立。由一级编剧王宝社担任编剧，王宝社及省话剧院一级导演常浩担任导演，由我本人领衔主演。

我们把创作这部话剧的想法和初衷向桂梅老师报告，她也表示同意，并嘱咐我们放心大胆地去做。

有了省委宣传部、省文旅厅、省文联各级各部门领导的支持，有了桂梅老师的认可，我们信心倍增。

2009 年辞别桂梅老师时自己立下的梦想终于落地了。

只要心中有爱，并付诸行动，我的梦想，我们的梦想，终能实现。

▲▼ 与张桂梅在一起的 60 多个日夜

"打开灯，让我看看红梅长成什么样子了"

初步确定采风创作方案后，剧组来到华坪亲自向桂梅老师汇报。到达华坪已是晚上，桂梅老师对常浩说："打开灯，让我看看红梅长成什么样子了。"

再次去华坪，是 2020 年 10 月下旬。《桂梅老师》剧组初步确定了采风创作方案后，我们来到华坪亲自向桂梅老师汇报。

那天，到达华坪已是晚上了。

初秋的华坪，昼夜温差比较大。晚风吹来，冷意爬上心头，我不禁缩了缩脖子。夜，早已盖住了最后一抹夕阳，天空中几颗残星在闪耀，发出微弱的光。

"咚！咚！咚！"我们敲了敲门框，桂梅老师办公室的门是常年开着的。

"请进！"声音有些微弱。

我们走进办公室。窗边，一盏明灯照着书桌，几摞书和文件高高地摞在书桌两边，一副黑框眼镜躺在一本敞开的书上。桂梅老师双手揉着头，是遇到什么难事了，还是因为天气转凉头痛病又犯了？我心里暗想。

见我们进来了，她连忙把几个药瓶放回抽屉里。

"你们到了？快进来，快进来。"桂梅老师连忙戴上眼镜，扭头对常浩说，"常浩，你快，打开灯，让我看看红梅长成什么样子了。"灯光照亮房间的一瞬，我早已泪如雨下。

老旧但干净整洁的一件薄棉衣，一条洗得发白的淡蓝色牛仔裤，黑色的鞋子，胸前的那枚红色的党徽在灯光的照耀下，犹如一簇跳动的火苗熠熠发光。

她缓缓地从那硬邦邦的木椅子上站起来，佝偻着身子朝我们走过来。多年未见桂梅老师，她的样子更让人心疼了。

"桂梅老师，您还好吗？"我的鼻子发着酸，双手抱住了她。单薄宽松的衣服里，裹着她那瘦小的身子。

"我好得很呀，你们大老远从昆明过来真是辛苦啊！快，快来坐！"我上前几步紧紧握着她的双手。那双冰冷颤抖的手依然没变，只是一阵阵浓浓的膏药味扑鼻而来。她比我多年前见到时更加瘦削，尽管经常在电视上见到她，但比电视上苍老了许多。

"唉，这天气一变化啊，我这手关节、脚关节就开始钻心地痛。没办法，老毛病了，只能多贴些膏药缓解一下。"我们一起走到旁边的长木凳上坐着，环顾四周，第一感觉，只觉得她的办公室实在太简陋了。空荡荡的房间里，连个办公沙发都没有，几个木柜子应该也是用了几十年了。

"桂梅老师，天气凉了，您得多穿点，着凉了头会疼的。"我很担心她的身体。

"唉，又是个叛逆的孩子，闹得我头疼，这不，刚才还打电话跟她家长了解家庭情况。孩子很聪明，我还让她当了班干部，可最近，这孩子成绩大起大落，情绪也不稳定，叛逆得很。

"这高中也过半了，不赶快调整过来，怎么得了？不过，孩子的母亲也不容易，女儿从小就在单亲家庭里长大，但她也没有让女儿受过委屈。从小到大，孩子的母亲，还有孩子的外公外婆、家里亲戚都宠着她惯着她。她自己舍不得吃舍不得穿，都要省着给女儿。

"这孩子呢，还处处与她妈作对。家长还是缺乏和孩子的有效沟通。这青春期的孩子啊，你得多听听她的心声，不能动不动就打啊骂啊的。打骂能解决问题吗？只会让孩子更反感家长，让她更叛逆。"

"咕咚、咕咚"，桂梅老师端起水杯喝了几口水。

"你看，只顾着说孩子的事，都忘了给你们倒水了。"她正要起身，我硬把她拉了坐下。

"您不用管我们，我们都不渴。"

"我们这一趟来，打算在您这儿住下了。每天您去哪儿，我们都跟着您去哪儿，来体验您的生活呢。"常浩打趣地和桂梅老师聊着。

宝社老师也向桂梅老师介绍着《桂梅老师》这部话剧的创作初衷："红梅和我，还有云南省话剧院，我们都想把您的故事好好挖掘，写成一个大戏呈现在舞台上。"

"宝社，我喜欢《感恩的心》，你说出了我的内心世界，你们就放心大胆地创作吧，我没意见。"

那一晚，我们说了很多话，聊大山里的孩子，聊大山里的教育……

"我哪有家啊！"

张桂梅说她没有"家"，我不信。真正走进华坪女高，我才知道，她长年住在女生宿舍三楼一间靠近楼梯口的宿舍里。离门口最近的一架铁质上下铺，就是她的"家"。

采风前，我也和桂梅老师打过电话，告诉她这一次采风，我打算好好体验她的工作和生活，陪着她一起上班、一起吃饭，住也要住在她的家里，哪怕睡沙发也要"赖着"她了。

"哈哈哈，我哪有家啊！"桂梅老师爽朗的笑声顿时让我怔住了。

丽江华坪女子高级中学，坐落在华坪县城北边的狮子山下，从放大的卫星地图上看，被一片郁郁葱葱环绕着。

学校创建于 2008 年，是全国第一所全免费的女子高级中学，是云南省教育系统创先争优先进学校、未成年人思想道德建设教育基地，主要招收丽江市内边远乡镇高寒山区，云南省内个别市、县贫困边远乡镇，以及周边省、市的贫困山区的学生。

建校十多年来，已经有 2000 多名大山里的女孩从这里走进大学，在各行各业为国家做贡献。

桂梅老师说她没有"家"，我不信。真正走进华坪女高，我才知道，她长年住在女生宿舍三楼一间靠近楼梯口的宿舍里。离门口最近的一架铁质上下铺，就是她的"家"。

桂梅老师不是一个人住在"家"里。她的"家"里还有三个女生：一个因厌学，整天懒懒散散，不愿和人交流；另一个因家庭变故，情绪很不稳定；还有一个女生正值青春期，性格孤僻、叛逆，经常和家人吵架。这三个女生，都是需要格外关心与照顾的孩子。

"红梅，你看，我这儿哪里还有你睡的地方啊？"她温和的声音，深深刺痛了我的心。

清晨，青山叠叠，与云雾相缠绕着，狮子山上茂盛的树木在清风中摇曳。这晨起的校园，显得是那样的雅静。

5 点 20 分左右，华坪女高 308 宿舍的窗边，微弱的一点亮光在闪动。桂梅老师握着手电，蹑手蹑脚地从一道门缝里侧着身子走出来，又轻轻带上门。

不一会儿，手电的光亮在三楼至一楼的楼梯间慢慢向下晃动着。桂梅老师弯着腰，一只手打着手电，另一只手扶着楼梯扶手。踏下一步，双脚站定，站稳了再迈步。走一会儿，歇一会儿，动作缓慢，很吃力。

我想，她摸着黑下楼，只是为了让孩子们多睡一会儿呀！

她刚走到一楼，接她的一辆两轮电动摩托车就恰好停到了楼梯旁，桂梅老师就搭乘小李的电动摩托车去到东边大概 300 米远的教学楼。

小李是在儿童福利院长大的，今年 32 岁，在学校里主要负责门卫工作。

小李对工作认真负责，按时开关学校的大门，并对进出学校的其他人员进行信息登记。

校门口总放着一把笤帚，进出学校的那一大片区域被她打扫得干干净净。她不大爱说话，我想和她多交流几句，她总是笑笑不回答。

桂梅老师为女高、为儿童福利院日夜操劳。就在华坪女高佳绩频出之时，她的身体却每况愈下，患上了多种疾病，骨瘤、血管瘤、小脑萎缩等不断折磨着她。上下楼梯，往返于宿舍和教学楼那 600 多米的路，她走起来都特别费劲。

两年前，小李主动兼任学校的专车"司机"，骑着她的电动摩托车每天接送桂梅老师。这辆两轮电动摩托车俨然成了学校唯一的"公务用车"。小李载着桂梅老师在宿舍、教学楼、食堂、操场间来回穿梭，有时还送桂梅老师往返一两公里外的儿童福利院。

在学生起床早读前，桂梅教师挨个把教学楼楼道的灯一盏盏打开。

"女孩子怕黑，山上蛇也多，我先把灯打开，姑娘们就能安心来早读啦。"桂梅老师说。

教学楼一楼的桌上放着一个小喇叭，那可是桂梅老师的"法宝"。她每天拿着那个小喇叭喊起床、喊跑步、喊早读、喊做操、喊吃饭、喊睡午觉、喊上课、喊睡觉……

遇到坚持不下去的孩子，桂梅老师经常说"再坚持一下"。她的身形虽有些佝偻，但嗓音依旧有力，每喊一声，学生们的脚步就加快一些。

她骨子里性格要强，脾气也大。手里的小喇叭是她的"得力助手"，已经被她用坏了十几个了。

她用喇叭催促学生们的脚步，用它整顿纪律，也用它给学生们做高考动员。

从建校之初起，学生每周只有3个小时的假期，每顿饭要求在10分钟以内吃完，剩余的时间都用来学习。

规则都是她制定的，学生们对这个严厉的校长又爱又怕。成绩下降要被骂，不注意听讲要被骂，打扫卫生不认真也要被骂，胆小的学生几乎不敢抬头跟她对视，远远看见她心里就开始"打鼓"。

拿起喇叭，桂梅老师是严厉的张校长；放下喇叭，就变成了温情的"妈妈"。

▲ 2020年7月，华坪县儿童福利院内第一次就排演话剧《桂梅老师》与张桂梅沟通

看着她一步一挪地爬上教学楼四楼，每一层楼的灯被她打开了，她又气喘吁吁地走下楼来，对着寂静的校园大声喊着："姑娘们，起床读书了，还不快点，要迟到了。"

每天早上 5 点 30 分，这个小喇叭里总会传来桂梅老师的喊声。几分钟后，几百名学生穿着红色的校服浩浩荡荡地跑到教学楼里，认真打扫教室的卫生。

5 点 45 分，校园里朦胧的天空彻底被这群红色的小精灵唤醒了。

6 点，桂梅老师顺着教室挨个巡视。她不仅要监督学生在课堂上的表现，还要监督老师的授课内容。

"如果哪一个老师讲得不好，我就会停了他的课。"她的眼神透着严厉，也透着坚定。

她巡视校园的习惯从华坪女高建校开始，一直坚持了十多年。

一眨眼就到了 7 点，朝阳照耀着教学楼。校园里琅琅的读书声和同学们挺直的腰板，交织成一幅名为奋斗的画卷。

没伞的孩子，更要奔跑

女高的学生总是在奔跑。桂梅老师说，奔跑的目的不在于要节约多少时间，而是要让孩子们树立起一种信念，养成雷厉风行的做事习惯，实现自我约束。

在华坪采风的日子里，多数时间我都待在校园里。县里帮忙联系了别的与桂梅老师相关的人，我们偶尔会走出校园去采访。和他们聊上几个小时后便又回到学校里。

初到华坪那几天，我总是不理解，女高的学生为什么随时都在奔跑。哪怕正常速度走路，也不会耽误上课、耽误吃饭呀！我实在忍不住，把我的疑惑说了出来。

桂梅老师说，让女高学生跑起来，不仅仅能节约时间，还能让人的精神面貌好起来，最大限度地集中注意力，提高学习效率。也时刻提醒着女高的学生，人生的赶考路上，做任何事情都不要拖沓，都要追求高质量、高效率。

奔跑的目的不在于要节约多少时间，而是要让孩子们树立起一种信念，养成雷厉风行的做事习惯，实现自我约束。

原来，这奔跑的后面，竟然藏着大智慧，我豁然开朗。

▲《桂梅老师》剧照

人们都说，没伞的孩子，更要奔跑。相比于城市里的孩子，大山里的孩子在教育的起跑线上起点低。华坪山高谷深，曾是深度贫困县，工业匮乏，经济并不发达。大山里出来读书的孩子不容易，有些孩子的父母在外地打工，很多孩子猝不及防地成了留守儿童。这样的身份，从小学到高中，如影随形般跟随着他们。

在这种情况下，要想改变命运，考出好成绩，就要付出比别人更多的辛苦，就要比别人跑得更快。而为了达成这个目标，张桂梅展现了严厉的一面。

在孩子们眼中，她既是慈爱的母亲，也是严格的校长。这一点，陈法羽深有体会。

陈法羽是女高的第二届毕业生，如今在永胜县三川派出所当民警。

在一次采访中，当回忆起女高的校园生活，她说："那时候，我们私下都说她是'大魔头''周扒皮'。她对我们近乎苛刻，从不允许任何人在校园里慢慢地走路，总要求我们跑去教室、跑去食堂、跑回宿舍，就连上厕所也要一路小跑着去。"

"那你们当时理解桂梅老师这样的要求吗？"

"我们都不理解，暗地里埋怨她，总觉得我们来女高是来学习的，不是来打扫卫生的，也不是来受苦的。每天跑步跑步，我们都跑成体育特长生了，好好走路又不会迟到。"陈法羽回忆起来，仿佛自己又回到了在女高读书的那段岁月。

"当时我们也还小，特别不能理解，每天从早上5点30分到晚上12点，她总是拿着小喇叭催我们'别磨蹭''跑起来''还差一分钟''你逛大街呢还是怎么着？'似乎有一股无形的力量在推着我们往前赶。"

她还说，有一次她们几个女生下课后一起去校园里复习，远远地看到张老师提着小喇叭朝她们走来，她们赶紧蹿进旁边一条狭窄的小道，却被张老师叫住训了一顿。当时她们吓得连书都快掉地上了。

"桂梅老师把你们管得这么严，你们就不恨她吗？"我疑惑地问。

"哪里会恨呀！她每天第一个起床，最后一个睡觉，在女高的每个时间点，起床、洗漱、打扫卫生、早读、课间操、吃饭、睡午觉、上自习等都有她的身影。她一身的病，一个病成那样的老人都能做到的事，我们为什么做不到呢？她也是为了我们好，真的是比妈妈还好呢，没有她，就没有女高，也不会有我的今天。"

陈法羽还说，2009年初中毕业，她的成绩没有达到高中的录取分数线。因为家里条件不好，为了给母亲治病，家里欠了很多外债，父亲无奈地对她说："自费高中家里供不起，不如不要读书了，回去找个好人家嫁了吧。"

16岁的她，青葱岁月、豆蔻年华，在人生即将走到一条死胡同的时候，她听说华坪女高招生不限分数，不收一分钱，只要愿意读书，女高都会敞开怀抱招收进来。她幸运地选择了华坪女高，传言都是真的。

报到的那一天，她远远地看见，一个面容憔悴但满脸笑容的老师站在校门口。

"哎呀，不用带行李，学校会给孩子们统一配发的。"她就是桂梅老师，她让来送孩子报到的学生家长把行李物品拿回去。阳光透过斑驳的树影，洒在她身上，那笑靥如花的脸分明告诉所有人：她很快乐，很幸福。

"姑娘，我是张老师，女高欢迎你，从今以后，这里就是你的家，可要好好读书啊，再苦再难也要坚持住。"学生们向她问好，她拍拍学生们的肩膀这样说着。

走进宿舍，每张床的边上都有个名字。陈法羽找到了她的名字，用手抚摩着那张小小的纸片，忍不住哭了。

"这个小床，让我感到前所未有的安全和温暖。"陈法羽说。

那三年，真的很苦。说是学校，其实就只有一栋教学楼，矗立在没有围墙的校园里。

"那时没有宿舍，我们女生都住在旁边的教室里。印象最深的是，校园里连块水泥地也没有，张老师总让孩子们打扫卫生。"

"没有食堂，下课后我们就快步跑去隔壁民族中学吃饭，满校园尘土飞扬。"

没有围墙，学校就像个公共场所，外面的人来去自如，连狮子山上的各种小动物也经常到校园里来"闲逛"。老鼠或许是走错了路，迷失了方向，在教学楼附近，被孩子们的尖叫声吓得到处乱窜。

老师们最担心的是蛇，附近的很多村民被山上的蛇咬过。华坪没有血清，最近的血清要到邻省四川省攀枝花市的一个县里才能找到。由于没有及时治疗，被蛇咬过的人，腿上至今还留有残疾。

晚上女生上厕所，要去到很远的地方，经常是女老师在前面带路，男老师在后面陪着、保护着。

尽管这么难，但大家依然坚持着。三年的刻苦学习，让她考上了理想的大学。大学毕业后，她又考上了公务员。她爱人也是县里的公务员，现在他们全家的生活都不用愁了。张老师说知识改变命运，再也不是一句遥不可及的神话。

"上课了，上课了，姑娘们，上课了，磨蹭什么呢？"

"姑娘们，再坚持一下，再坚持一个学期，只要努力了，结果不会让你们失望！"

······

耳边又传来桂梅老师熟悉的声音。

操场上，一群红色的小精灵，奔跑在校园里，奔跑在追求梦想的路上。

小喇叭，大操场

　　课间操是华坪女高的必修课，很有"仪式感"。当小喇叭里传来桂梅老师催促的声音，一片火红的海洋瞬间在校园里奔腾着、流动着。

　　上午9点20分，离做操还有10分钟的时间，桂梅老师提前从三楼慢慢挪下来，拿起一楼桌上的小喇叭："姑娘们做操了，做操了，快、快、快，下来做操了！"

　　从教室下楼、奔跑，到操场整整齐齐地排好队，前后不到1分钟。这比很多学校应急演练的速度还要快。时间长了，我们剧组的每一个人也跟着队伍跑起来。

　　操场上，孩子们端端正正地站立在那里。

　　"向前进，向前进，战士的责任重，妇女的冤仇深。古有花木兰替父去从军，今有娘子军扛枪为人民。"当《红色娘子军》的音乐响起时，同学们齐刷刷地一起做着体操动作。虽是课间操，但结合了舞蹈的元素在里面。

这音乐仿佛是时光里驱逐黑暗的一道道曙光，又像是大海里指引方向的一座座灯塔，更像是沙漠里带来希望的绿洲，鼓舞着女高的学生以饱满的热情投身于追逐梦想的练兵场上。"巾帼不让须眉，柔肩亦担重任"，这清一色的"红色娘子军"展现传统之美的同时，也彰显了"红色教育"的主旋律。

"吾辈青年要肩负着时代重任，拿稳接力棒，坚守'红色根脉'，以青春之力去吹响红色号角，将青春'小我'融入时代'大我'，练就更加坚强、勇敢、有担当精神的女性精神。"女高老师这样诠释这颇有意义的红色课间操。

"你，站直了，手抬平，拿出精气神来！"她要求姑娘们做操也要整齐划一，谁要是偷懒，不认真做操，她总是第一个发现，并举着喇叭朝她喊着。

上午的课间操时间，是桂梅老师的快乐时光。她拿着喇叭，从队伍后面来回走着、监督着。桂梅老师年轻时在大理喜洲，也爱唱歌跳舞。她是那种喜欢跟同学们打成一片的老师，讲课也有意思，喜欢跟学生们讨论，也爱讲故事。

课间的时候，她会放着音乐，自己带学生跳舞，其他班的孩子趴在栏

▲《桂梅老师》剧照

杆上张望着，眼睛里写满了羡慕。

但现在她身患几十种疾病，连爬楼梯都很吃力。她喜欢看姑娘们朝气蓬勃的样子，还总对我说："你看我们这些姑娘，跳得多好啊！"

《红色娘子军》音乐一停，具有说唱风格的墨尔本鬼步舞就登场了。

音乐充满动感活力，极具感染力。只见姑娘们随着音乐节拍快速舞动着，踢、踩、跳、踩。不失个性的舞步，加上强劲有力的音乐，可以轻易让观看者也感受到愉快的气氛。我不由自主地随着强劲的音乐晃动起来。

平日里，张桂梅喜欢看学生在课间操时排成方阵唱红歌、跳红舞。每天上午课间，歌剧《江姐》的经典选段《红梅赞》都会在校园里准时响起，这是她最爱的歌曲。学生们齐声高唱，她偶尔也会哼上几句。

十多分钟的时间里，两种风格迥异的舞蹈课间操，动感十足。我陶醉其中，感觉自己也青春焕发了。

几乎每个女孩都记得，在华坪女高的第一天。她们身着鲜艳的红色校服，留着齐耳短发，学会了唱"红米饭，南瓜汤"，还有《红梅赞》等红色歌曲。

课间操大声唱《万疆》，跳改编版的《南泥湾》。每周一隆重的升旗仪式上，重温入党誓词，在"共产党人顶天立地"的标语下，进行革命传统教育。孩子们呼喊最多的口号，除了"加油上清华，加油上北大"，就是"感党恩、听党话，做党的好女儿"……

"红岩上红梅开，千里冰霜脚下踩。三九严寒何所惧，一片丹心向阳开。"高频率的红色教育，是女高的特色之一。女高的孩子们每天要唱一支革命歌曲，听一则革命经典故事，每周还要看一部红色电影。红色教育给予她们信仰，同时，信仰带给她们坚持的力量。

一位女高毕业生名叫邓婕，曾经跟不上学习进度，也赶不上吃饭。后来，她却以 637 分的高分，考上了南方医科大学。

邓婕回忆，她上大一的时候，和同学一起去敬老院慰问老人。老人叫他们唱支歌，其他几个同学扭扭捏捏地不知道唱什么好。邓婕想都没想，就给老人们唱起了《红梅赞》。唱着唱着，老人们也跟着唱了起来。

身边的女同学时常取笑她"土包子"，不会唱流行歌，但她并不在乎这些流言。一种自强不息的精神早已刻进她的基因了。

"因为我是女高毕业的。"她毫不掩饰地说。

华坪女高毕业生大多选择了医生、教师、警察等相关专业和职业，在求学、工作过程中积极参与公益、扶贫项目，主动投身偏远、贫困甚至危险地区的建设和发展。

华坪女高成为她们生命的转折点。一谈到最想去的地方，她们总是异口同声：想回到华坪女高。她们想看看敬爱的张老师，回忆回忆当年在这里流下的汗水和泪水。

只要回到那个校园里，耳畔就会响起小喇叭的声音。一个佝偻的身躯，手持一个小喇叭，站在教学楼一楼"青春是用来奋斗的"的横幅布标下，大声喊着、督促着，催促每一个女高学子，勇敢地奔跑，奔赴人生历练的"大操场"。

办公桌上的那封信

她就像个永不停歇的陀螺，日日夜夜如此。唯一改变的是，她曾经轻盈曼妙的脚步，变得越发沉重、缓慢、蹒跚；充满活力的矫健身姿，渐渐变得清瘦佝偻。

那一天中午，天气更冷了，呼呼的冷风刮着，我们又去桂梅老师的办公室。办公室里冷飕飕的，穿着厚厚羽绒服的我，都冷得忍不住直发抖。

我不禁问她："桂梅老师，您这办公室里怎么也不放一个取暖器啊？"

"大家都不用，我怎么放？"桂梅老师笑着说。

我听后沉默了好一会儿。桂梅老师患有严重的类风湿病，遇上冬天真的很遭罪。但她的原则是"要求别人做到的，自己得先做到"。

实在冷得坐不住了，我便起身走动走动。走动时看到她办公桌的台灯下，居然压着一封信。信封上那熟悉的字体吸引了我，我定睛一看，原来是我上次托常浩带给桂梅老师的信啊！

采风前前后后的 60 多天里，由于工作关系，我每次去华坪只能待 20 多天。不在华坪的日子里，又总是牵挂着她。

她告诉我，有一次她给学生开会，告诉大家自己要出去看看病，也就随口说了句："高三的姑娘们，你们要加油啊，我一定把你们送进大学。高二的孩子们呀，我也争取送你们进考场。高一呀，就不好说了，我都不知道自己能守得到那时候不能。"她才说完，孩子们便呜呜地哭起来。

"我以为高一的孩子才进学校，对我没有多少感情，谁知，她们一个比一个哭得伤心啊！我赶紧改口说：'我说错了，不走了，不走了，我陪着你们。看你们，多大的姑娘了，还哭。我这不说说而已嘛，还当真了？快别哭了。'"桂梅老师说起这段故事时，很动情。

▲《桂梅老师》剧照

"桂梅老师，我写给您的信您都看了吧，我让您好好善待自己，照顾好自己的身体，现在一切走入正轨了，不要再那样拼命了。"我又回到长条凳上，坐在她旁边。

"唉，不拼不行啊，我也不知道自己还能熬多久，你看我一身的病，岁数也这么大了，我不抓紧时间多干些日子，到真正干不动的时候就后悔了。我现在啊，就是觉得时间不够用。"

"您一天24小时，差不多20个小时都在工作，还觉得时间不够？您不累吗？"

"累？我不累，我看着一批批孩子在校园里渐渐长大，看着她们走进大学，选择不一样的人生，改变了命运，我怎么会累呢？"

这时，宿管员把桂梅老师的午饭送过来了。一个保温桶里，简单的两个素菜，看着就让人没有多少食欲。有时她只能喝点粥、吃一块饼，因为有胃病，别的东西她也吃不下去。

她每天都吃这样素的饭菜，从不在食堂里吃。她接过饭菜，又起身从桌上的抽屉里，把一个个瓶瓶罐罐翻出来，各种药凑一起捧在手里，仰头塞到嘴里。我赶忙把水杯递给她，她接过水杯喝了一大口水。就这样，她一边吃着药，一边吃着饭，我看着心疼死了。

"红梅啊，你那封信我看了好多遍。你说你认识我这么多年，受我的影响，在工作岗位上也做了很多成绩，还当上了第十二届全国人大代表。你哪是受我影响啊，那是你心中本来就有。你对工作认真，因为你喜爱你自己的工作啊，所以再苦再累你也能坚持。"

桂梅老师鼓励我追求最适合自己的东西，就是人生的意义。

吃完午饭，她又拿着小喇叭，坐上小李的电动摩托车赶去食堂了。

远远地，又听到食堂里传来她的声音："快点吃饭，姑娘们，15分钟吃完赶快去睡午觉，不能耽搁了。"

孩子们已经形成良好的时间观念，我们赶到食堂时，学生们已经走得差不多了。热闹了一上午的校园，随着午后的到来，渐渐安静了下来。

中午，桂梅老师就在办公室休息。下午，除了例行巡课，有一件事让她十分发愁——学校缺老师。

站在办公室窗边，桂梅老师愁眉不展，久久没有说一句话。整个下午，她都在四处打电话，希望能找到几位好老师。

傍晚6点30分左右，学生们开始上晚自习，她又坐上电动摩托车去华坪县儿童福利院。每天这个时候，也是桂梅老师唯一能回儿童福利院看看孩子们的时候。

在儿童福利院守着孩子做完作业后，她又回到学校，开始巡查晚自习。直到深夜，学生们都已入睡后，她才拖着疲惫的身躯，躺倒在宿舍的单人床上。

她就像个永不停歇的陀螺，日日夜夜如此。唯一改变的是，她曾经轻盈曼妙的脚步，变得越发沉重、缓慢、蹒跚；充满活力的矫健身姿，渐渐变得清瘦佝偻。

陪伴在她身边的每一天，她都重复着昨天的匆忙。十多年如一日，从不搁浅，从不懈怠。

此前在网上看到过桂梅老师的两幅照片：一张是1974年，17岁的桂梅老师从家乡黑龙江来到云南支援边疆建设；另一张是她在别人的搀扶下，步入人民大会堂接受"七一勋章"授奖。

一张青春靓丽，笑靥如花；一张苍老憔悴，写满艰辛。新老照片切换间，在人们感叹岁月沧桑中，我更加懂得了她为什么被称为"燃灯校长"。她是大山深处的光，她的光芒，是燃烧自己照亮他人，命运是打不倒心中有光的人的。

"如果说我有追求，那就是我的事业；如果说我有期盼，那就是我的学生；如果说我有动力，那就是党和人民！"她树起了一面旗帜，她坚守共产党人的初心，她是我一生的榜样。她的事迹时刻感动着我，指引着我，让我在挚爱的文艺事业中践行桂梅老师的精神，用爱去传递爱、呼唤爱。我相信总有一天，这样的精神将成为最美的花朵，绽放于这片大地上。

儿童福利院的"张妈妈"

福利院成立后，张桂梅白天在学校教书，下班后就去福利院照顾孩子。不管白天工作多累，她都会陪孩子做作业，带着孩子围成圈跳舞，玩老鹰捉小鸡……

桂梅老师有两个"家"，实际上，就是两张单人床。

一张在华坪女子高级中学308宿舍靠门最近的地方，是上下铺的铁床。

另一张在儿童福利院男生宿舍里。那是一张简易的木头床，原木颜色，床头至墙面转角处，立着两个高高的衣柜，用来存放孩子们的衣服、换季被褥行李等。这张木床的对面，就是男孩子们的大床，七八个孩子一起睡在一张大大的通铺上。

尽管宿舍打扫得一尘不染，可每到夏天炎热的时候，房间里总有一股说不清的味道。

"男孩子嘛，爱跑爱闹的，出汗又多，难免的。"说到夏天的宿舍，桂梅老师总是很包容。

桂梅老师一生无儿无女，但她却是170多个孩子的"妈妈"。

成为上百个孩子的母亲，对于桂梅老师来说是个意外。

1995年，她的爱人董玉汉因患胃癌去世了。第二年，39岁的桂梅老师决定离开和丈夫一起生活多年的大理，到偏远的华坪县教书。

"当时，我就想找个没人认识我的地方躲起来，了此余生。"她说。

但2001年，华坪县儿童福利院的成立，改变了桂梅老师和许多孩子的人生轨迹。在华坪教书几年后，桂梅老师因为对学生格外关爱，在当地也"小有名气"，捐款的慈善机构便指定要她兼任儿童福利院院长。

"我从来没生养过孩子，可我来到华坪后不久，肚子里长了一个几斤重的肿瘤，全县老老少少给我捐款做手术，我欠了这份人情债啊！"桂梅老师说。

2001年3月1日，华坪县儿童福利院正式成立。这一天，桂梅老师至今记忆犹新。"第一天，儿童福利院就收了36个孩子。"这群孩子里，最小的只有两岁半，最大的18岁。

▲《桂梅老师》剧照

让桂梅老师吃惊的是，有的孩子连汉语也不会说，甚至不会洗脸、洗澡，更不会用卫生间。她把孩子带到卫生间上厕所，可这些孩子非得跑到院子里大小便。每天早上，院子里到处是臊臭味，她只能带着员工去清扫。

"我心里非常难受，心疼这些孩子。"桂梅老师说，"但我也很庆幸，政府能成立儿童福利院，让这些孩子在这里生活。"渐渐地，桂梅老师开始了解了孩子们的身世。有的孩子是父母早已不在人世的孤儿，也有不少孩子是因为生病或性别歧视，被父母遗弃了。

张惠华是最早来到福利院的孤儿之一。2001 年，7 岁的她和 5 岁的弟弟因为父亲的意外去世被送到福利院。

"刚来的第一天感觉很陌生，有些害怕。"张惠华说，"可张妈妈看到我后，亲切地问我吃饭没有，把我抱在怀里。那一刻，我觉得自己又有家了。"

福利院成立后，桂梅老师白天在学校教书，下班后就回来照顾孩子。不管白天工作多累，她都会陪孩子做作业，带着孩子围成圈跳舞，玩老鹰捉小鸡……晚上孩子们睡熟后，她还要挨个去检查他们有没有盖好被子。

"从那时起，我就养成了睡觉不脱衣服的习惯，这样方便晚上起来照顾孩子。"桂梅老师说，"虽然我没能力给孩子们买好吃的、买名牌衣服，但他们起码能吃饱，还能去学校读书，比过去好多了。"

在华坪县儿童福利院，桂梅老师的职务虽然是院长，但孩子们都习惯叫她"老妈""妈妈"。

"第一次听到有孩子喊妈妈时我吓了一跳。我心想，妈妈就是这样吗？我够格吗？"桂梅老师说，"但我也很欣慰，孩子们没有把我当成院长，而是把我当成亲人。"

在孩子们的眼里，桂梅老师就是那个能为他们遮风挡雨、撑起一个温暖大家庭的"妈妈"。

华坪县儿童福利院创办的头几年，每年只有 7 万元经费，日常开支十分紧张。"几十个孩子一起吃饭，有的孩子还频繁生病，一年的钱不到半年就用光了。"桂梅老师回忆说，"当时我和孩子们只能顿顿吃豆瓣酱炒饭、豆瓣酱蒸馒头，吃什么都是蘸豆瓣酱。"

她拿出自己的工资来贴补福利院，但还是不够用。实在没办法，桂梅老师便想出一个主意，把县里各个单位捐赠的盆花、洋娃娃拿出来，带着几个大孩子去菜市场摆摊售卖。

桂梅老师去县里、市里开会，会议室里摆放的水果零食大家一般都不吃。因为大家都知道，桂梅老师要把这些带回去改善孩子们的伙食。

桂梅老师说，过了好几年，政府给福利院的经费增加了，她才慢慢不用为钱发愁了。

"即便在最困难的时候，老妈也没有想过放弃，她就是我们最坚强的后盾。"2001 年便来到福利院的雷秋风说。

雷秋风至今还记得，2005 年，她考上了四川机电职业技术学院，去学校报到前，桂梅老师塞给她 500 元生活费。"后来我才知道，老妈把自己看病吃药的钱拿给了我。"

2011 年，已经在四川省攀枝花市工作的雷秋风准备和男朋友结婚。为了让"女儿"嫁得风风光光，桂梅老师提前好多天就开始帮助布置婚房，准备了空调、床上用品等嫁妆，还在福利院的院子里铺上喜庆的红地毯。

"别人家有的咱都要有。"桂梅老师对雷秋凤说。接亲那天,她凌晨3点就起床带着福利院的孩子们清扫院子,还请来了县领导当证婚人、县电视台的主持人当司仪,甚至把华坪女高高一学生带到福利院来唱歌欢送。

"婚礼比我想象的要隆重许多,让我感受到了家的温暖、妈妈的爱。"雷秋凤说,"我离开家前老妈还说,如果在外面受欺负了就回来,她给我做主。"

每每回想起给"女儿"办的婚礼,桂梅老师都乐得合不拢嘴。"我就是要把排场搞得大大的,还给新郎提了很多要求,比如接亲一定要用小轿车。我要让他知道,他娶的不是孤儿,她是有娘家的。"

"我从不允许别人说福利院的孩子没有妈。谁说他们没有妈?我就是孩子们的妈。"桂梅老师说。

开办 20 多年来,华坪县儿童福利院已先后收养了 100 多名儿童,孩子们的档案摞成了厚厚一沓。

她身患骨瘤、肺纤维化、风湿等多种疾病,双手、颈背每天都要缠满止痛胶带。每次桂梅老师回到福利院后,孩子们就会围在她身边,帮她小心翼翼地撕掉贴了一天的止痛胶带。

"每次撕胶带时我都非常小心,因为粘得很紧,我怕妈妈会疼。"12岁的"女儿"杨至伟说,"妈妈工作太辛苦了,希望她不要那么累,不要睡那么晚,起那么早,可以为了自己休息一下。"

李光敏是 2007 年进入华坪县儿童福利院的孤儿。在云南艺术学院读幼教专业的她,原本可以留在昆明工作,但为了能回来照顾"老妈",分担"老妈"养育"弟弟""妹妹"们的压力，她在 2017 年毕业后选择回到福利院工作。

"有一次我去华坪女高给老妈送饭，看到她爬楼梯时非常吃力，只能抓着扶手一步步慢慢挪。那一瞬间，我发现妈妈真的老了。"李光敏哽咽着说。

桂梅老师的右臂有一个长了多年的肿瘤，李光敏一直劝她早点做手术摘除，可她一直不答应。"做手术要休息一个多月，老妈就是怕没她盯着，学生成绩下滑。"李光敏说。

一日早晨，李光敏忽然接到"妈妈"的电话，说自己风湿病犯了，脚背肿得老高，走不动路，要去医院输液。李光敏赶忙骑着电动车去学校，把"老妈"送到了医院。

到了医院，医生反复叮嘱："这个药打起来非常疼，要慢慢输液。"可桂梅老师硬是不听，悄悄把针水速度调到最快。本来要三个小时才能打完的针水，她两个小时就打完了，随后急急忙忙让李光敏送她回学校。

"老妈每次输液都这样，她一辈子为了学生和福利院的孩子操劳，心里完全没有自己。"李光敏说，"真希望老妈别那么逞强，现在该我们照顾她了。"

在桂梅老师呵护下长大的孩子，最懂桂梅老师对他们难以割舍的那份牵挂。如今，每逢春节，都会有几十名年轻人从各个地方、各种行业和岗位，不远千里回到他们生活过的云南省华坪县儿童福利院，因为那里有他们心心念念的"妈妈"。

信仰的力量

　　一路走来，是共产党员的信仰支撑着张桂梅从不言弃，坚持要通过教育阻断山区贫困的代际传递，将 2000 多名女孩送入大学，撒下信仰，收获力量。

　　近几年来，写英模的戏，全国各地一台接一台。然而很多戏，面目相同、情节相同、人物雷同，被业内专家批评为"戏剧严重同质化"。

　　因此，业内业外，都在呼唤英模人物的个性化、生活化、戏剧化、作品化，而不是单纯的宣传化。

　　在《桂梅老师》的创作过程中，追寻信仰的力量是一条主线。怎样把看似"高大全"的理论概念，用戏剧的艺术手法呈现出来，让观众真正感受到力量，能够欣然接受，这无疑是个难题。

　　播种信仰者，必先有信仰。那么，桂梅老师的信仰是从哪里来，她在追寻信仰的道路上又经历了哪些故事，就是我们剧组必须要挖掘的。

1957 年 6 月，张桂梅在黑龙江省牡丹江市出生。

20 世纪 60 年代，在东北农村，桂梅老师度过了她的童年时光。年幼的张桂梅最喜欢听的故事就是"铁血孤军东北抗联""八女投江"等。

除了听革命故事外，她还找来了《青春之歌》《咆哮的松花江》等红色书籍来阅读。

有这么一部书，至今还放在桂梅老师办公室的书柜里。那泛黄的扉页早已变得非常柔软，那是不知翻阅过多少次留下的印记。桂梅老师说，每次读这本书，她都会受到巨大的鼓舞和灵魂的冲击，总是读得热泪盈眶。

这本书就是《红岩》。

张桂梅最喜欢《红岩》里的江姐。孩子刚出生，江姐就把孩子丢给了亲戚，毅然投身革命，在民族大义面前选择了国，而不是家。

正是这一壮举和江姐视死如归、宁折不弯的革命气节让她佩服得五体投地。

那个年代，人们对物质生活没有奢求，吃饱穿暖就行，但人人怀揣梦想，心中有一团熊熊燃烧的烈火。

少年时，即便家里一贫如洗，但是一到少先队组织集体活动时，张桂梅都会穿上白衬衣、白球鞋，胸前飘荡着鲜艳的红领巾，迎着初升的太阳，在老师们的带领下，去烈士陵园扫墓，去大山坡上植树。

下山时，老师带领大家大声唱着经典的红色歌曲，大家唱得越兴奋，唱歌的音调越高。个个嗓子唱得沙哑，小脸涨得通红，声音也唱得走了样，但浑身充满了一股使不完用不尽的劲。银铃般悦耳的童声，在山林间回荡。

每逢春游，老师都带着大家来到公园里，大家又一路唱着："让我们荡起双桨，小船儿推开波浪……"

那段岁月，阳光穿透树叶，暖暖的光影投在孩子们稚嫩的脸上，静静的水面，也闪烁着亮晶晶的波光。

童年时，一场暴雨过后，张桂梅家的土坯房倒塌了，她的母亲被倒塌的墙体压在下面。公社的一个共产党员带领街坊邻居一起过来帮忙，救出了她的母亲，

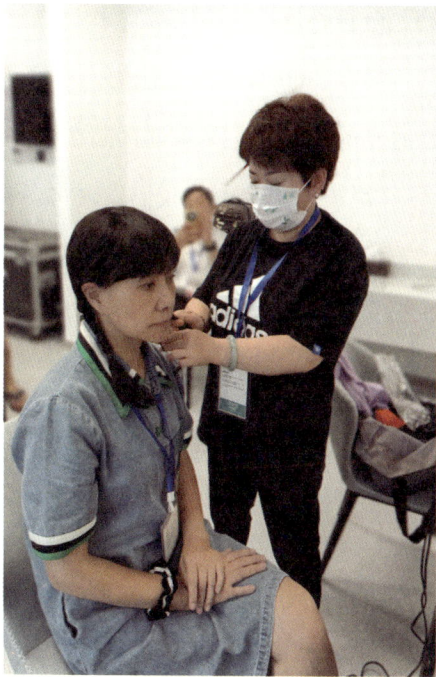

▲ 2022 年 6 月，话剧《桂梅老师》在江苏南通市海门区开启了全国巡演序幕，化妆师为"桂梅老师"做造型

又安排他们一家搬到公社住着。三天之后，就在墙倒屋塌的地方，重建了一间崭新的茅草房。

张桂梅的父亲激动得不知道说什么好，感动的泪水一个劲地往外流。

"那是一双布满血泡的手，三天三夜，连续奔忙，把我家里的房子建好了。那双手让我想起了江姐的手。那个大姐姐说，不用感谢他们，共产党员，应该的。"桂梅老师回忆着孩童时光。

她说，当她唱起红歌时，心中就有一股翻腾的、使不完的力量，鼓舞着她面对人生的各种困难。

年幼时种下的信仰种子，成为后来支撑她前行的力量源泉。在接连经历丈夫离世、自己罹患重病后，张桂梅不仅没有被打倒，反而愈加坚

韧，全身心地投入山区教育事业中，投入改变山区女孩命运中。

如今，60多岁的张桂梅，对家人、对少年时代的很多记忆，都停留在时光的最远处，又永远存储在她内心的最深处。

"烂漫的山花中，我们发现你。自然击你以风雪，你报之以歌唱。命运置你于危崖，你馈人间以芬芳。不惧碾作尘，无意苦争春，以怒放的生命，向世界表达倔强。你是崖畔的桂，雪中的梅。"这是张桂梅荣获2020年度感动中国人物的颁奖辞。

一路走来，是共产党员的信仰支撑着张桂梅从不言弃，坚持要通过教育阻断山区贫困的代际传递，将数千名女孩送入大学，撒下信仰，收获力量。

而且，她把这种信仰通过自己的一言一行传递给了她的学生。

刚强、慈惠、质朴，这是女高教学楼外墙上的标语。

作为老师，张桂梅不仅传道授业解惑，更致力于塑造学生坚强的品格。

"华坪女高的成绩之所以好，是因为我们能吃苦啊，因为我们有理想信念教育。"华坪女高的红色教育，使同学们在歌唱革命歌曲、学习革命先辈事迹中，汲取奋进的精神力量。

这种力量不仅伴随着女孩们成长，还陪着她们走出大山，支撑她们在面对困难时，自信勇敢地迎头而上。

"我生来就是高山而非溪流，我生来就是人杰而非草芥。"这一入学誓词伴随一届又一届女高学生成长。张桂梅用信仰的力量引导她们树立远大志向，不仅自己努力成才，还将这满满的正能量传递给了更多的人，以此回馈社会、报效祖国。

那一天，华坪女高的操场上，桂梅老师和全体师生一起合唱了一首

《万疆》:"红日升在东方,其大道满霞光,我何其幸生于你怀,承一脉血流淌……吾国万疆以仁爱,千年不灭的信仰。"

"我是在给她们'种信仰'。"这是桂梅老师常说的话。这样的信仰,就是支撑她数十年如一日,扎根滇西山区教育一线践行的诺言。

那一天,我们整齐列队,站在学生队伍的最后一排,和孩子们一起合唱《万疆》,歌声在校园里久久回荡。当我回眸看向桂梅老师时,发现她眼中闪烁着不易察觉的泪光。

我演张桂梅

"酒厂"里的排练

在一个废弃的仓库里，话剧《桂梅老师》开始排练。在这种艰苦的环境中，演员们对桂梅老师的精神会更加感同身受。

话剧《桂梅老师》的排练是在一个制酒厂废弃的仓库里进行的。与其说这是个排练厅，倒不如说是个阴冷潮湿的地下室。

排练厅隐匿在昆明市盘龙区鼓楼路的一个颇有年代感的地下室里。此处之前曾是酒厂的仓库，与熙熙攘攘的大街仅隔着一人高的一堵墙。从街面进入后，得绕到隔壁的商铺，再右转穿过一道小铁门，再往下走一段台阶，就到了排练厅。

至于为什么选择这里作为排练厅，还要从云南省文艺院团体改革说起。

2006 年起，云南省的文艺院团增加了 7 个，但演出收入减少了一半多。分配机制不活、市场能力弱等众多因素，导致文艺院团生存空间日益萎缩，面临被边缘化的境地。

2011年10月，云南省国有文艺院团改革工作正式全面启动。当年，云南省共有国有文艺院团114家。随着改革工作的推进，云南根据院团的不同性质和功能，实行分类改革。其中，云南省滇剧院、云南省京剧院等5家院团保留事业单位编制；云南省花灯剧院、云南省话剧院等院团转企改制；德宏州傣剧团等在内的百余家民族文艺院团将面临或撤销，或划转职能等命运。

这次改革可以说是大刀阔斧。为了勉强维持最基本的办公和演出排练的需要，省话剧院拿出很大一部分办公经费，长期租用驰宇大厦写字楼其中的一层，作为办公地点。又租用了昆明市五华区鼓楼路边一个制酒厂废弃的仓库作为演员的排练厅，一直沿用至今。至于演出剧场，只能再花钱去市场上租用。

▲ 2021年4月，话剧《桂梅老师》在昆明市五华区鼓楼路制酒厂地下室排练厅排练

这个排练厅的三面都是围墙，只有一面通风透光。进入排练厅，由于光线暗，我们得使劲挤一挤眼睛，再睁开，才能勉强看清楚排练厅内的景象。

话剧《桂梅老师》的演员们就是在这里进行排练的。

排练厅的三层式舞台是用木板和钢板临时搭建的，踩上去咯吱咯吱作响。在排练过程中，街上车水马龙的声音不时传至耳边，只有提高自己的音量，才能盖过这样的杂音。

在这种艰苦的环境中，演员们对桂梅老师的精神会更加感同身受。《桂梅老师》同《护国忠魂》《独龙天路》《白鹭归来》《农民院士》等剧目一样，都是从这个简陋的排练厅里走出来，走到更大的舞台上去的。

2021年3月，13位演员和主创一起进入坐排阶段。大家一起探讨剧本、研究角色、熟悉台词，力争以最饱满的热情和最精湛的演技诠释好"桂梅老师"。

我白天在单位上班，下班后，开车20多公里去排练。下班正值晚高峰，一路上往往要花费近1个小时才能到达剧组。

其他演员白天在排练厅坐排台词，等我赶到剧组后，大家再一起配合排练。三个多月的时间里，大家每天从早到晚都在排练。有激烈的争辩，有思维的碰撞，也有会心的交流和释怀的喜悦。

这部话剧是以宣讲队宣讲桂梅老师的事迹为叙述主线，像串珍珠一样，把桂梅老师的故事串联起来，演员要一人分饰多个角色。

"跳进跳出"的表演着实考验演员功底。除了桂梅老师由我扮演以外，其他12位演员需要"跳进跳出"，一会儿扮演桂梅老师的同事、学生，一会儿又扮演学生家长，一会儿是记者、警察、教育局局长、妇联干部、出租车司机、农夫农妇、牧羊女等角色。

有的演员一人分饰五种角色，同时还要"跳出来"，成为叙述者、评论者、渲染者，这就给演员们带来了表演上的挑战。

为了使自己所扮演的几个角色有明显的区别，大家各显神通，全力以赴。

章超从云南方言、广东方言入手，塑造了几个不同的人物形象；刘佳的老家在哈尔滨，在扮演桂梅老师儿时的大姐姐时，她的一口东北腔恰到好处地把大家带入了桂梅老师儿时那个"房倒屋塌的夜晚"；张玉臻在"监狱过生日"那场重头戏里，反复揣摩情绪的爆发点，一次次歇斯底里的"呼喊"让她一度患上了急性喉炎，在排练时嗓子嘶哑得发不出声音来；许猛为了纠正自己略显僵硬的身形，几个月下来，始终在肩上绑着一副正姿矫正带，以致肩上、背上的皮肤都磨出血印……

演员们用一种拼命的态度对待每一次排练，只为了更好地诠释桂梅老师的精神。

昆明首演

在完成首次内部彩排后，2021 年 6 月 20 日，话剧《桂梅老师》终于在昆明剧院成功首演。

经过两个月的紧张排练，2021 年 5 月 24 日，话剧《桂梅老师》在云南艺术学院实验剧场顺利完成首次内部彩排。

5 月 25 日，话剧《桂梅老师》召开第一次专家研讨会。中国话剧协会主席蔺永钧，原北京演艺集团副总经理、中国戏剧家协会理事李龙吟，丽江华坪县委宣传部相关负责人等出席了本次活动。

其实，这一次内部彩排时间安排得很紧张。"内彩"前，整个剧组仅完整地进行过两次通排。演员之间的默契，以及灯光、音乐与演员的配合等环节，都还没有完全理顺。

但是，如果不能早点进入剧场进行实地操练，那将永远达不到预想的效果。甚至"内彩"那天，舞台上的那座石阶道具，都是临时制作的。正式演出的道具还在北京制作，一个月后才能运抵昆明。

这部戏体量并不大，全剧组加起来也就 32 人。舞台上 13 位演员，只有我、章超、刘佳、张玉臻、许猛、李欣瑶 6 个人是话剧专业演员，另外 7 位演员有的是在校大学生，有的才刚刚大学毕业，还没有找到实习单位。

最难能可贵的是扮演儿童福利院孤儿的孩子。他们之中最小的只有 7 岁，最大的也不过 10 岁，都是利用课余时间来排练的。算上排练次数，似乎也就 5 次吧。

我们从简易的排练场到正规剧场，在临时性的舞台上进行合成，没有足够的时间在舞台上磨合，说实话，我心里没底。生怕观众不接受这样的呈现形式，也担心专家不认可这部剧，更担忧第一步迈不好，给大家带来心理阴影。

内部彩排的这一场演出结束后，演员们心里都没底，在相互交流时总在自责：

"我这里没演好，没有注意给搭档一个恰当的动作和眼神。"

"有一句台词太绕了，我没有说好，绕了半天，让接台词的小演员不知道怎样接。"

"我也是，冲上台阶那几步，脚下打滑了一下，没有走到导演要求的站位点，让红梅老师够不到我，唉！"

"我觉得我们的舞台节奏有些拖沓了，整台戏两个多小时，观众到后面都有些坐不住了。"

"我有个地方忘词了。"7 岁的小演员杨梓熙都快哭了。

"我们的反省都是对的，但大家不要灰心，这是我们第一次在剧场里演出，难免会有这样那样的状况，知道总结是好的，但不要因此失去信心。认真思考，多听听别人的意见，多练多磨合就会越来越好。"我安慰大家。

"梓熙，你别灰心，你已经很棒了，第一次上台表演就这么自然，特别不容易啊！加油！"我蹲下身子，拍拍她的肩。她点着头说："'红梅妈妈'，我一定努力，一定好好演。"

第二天一大早，我们主创团队坦然地走进了专家研讨会的现场。那天的研讨会来了很多省内外专家、学者和观众代表。

专家们一致认为：话剧《桂梅老师》作为一部正能量的献礼剧，通过讴歌奋斗人生、刻画最美人物，坚定了人们对创造美好生活的信心，更好地发挥了文艺"为人民抒写、为人民抒情、为人民抒怀"的积极作用。

然后从专业角度充分肯定了剧目的创新之处，肯定了我们的表演。

观众代表们也表示：现场的掌声和观众的泪水就是最好的证明，"这是一出好戏！"并对一些细节提出了修改意见和建议。

我们认真做了记录，对该剧再做修改，不断打磨、完善，力求至臻至美，为成功首演奠定了坚实的基础。

又经过一个月的打磨、排练，2021 年 6 月 20 日，话剧《桂梅老师》终于在昆明剧院成功首演。

剧中"小汪同学"的原型，也是桂梅老师在华坪县民族中学任教时，带过的第一批学生之一——汪碧印老师，以及华坪女子高级中学第一届学生代表也亲临现场观看了演出，他们激动不已。

"台上的'桂梅老师'一个眼神、一个动作、一个喘息都像极了我们的张老师。"

▲《桂梅老师》剧照

"这些故事很真实，都是我们经历过的故事。这部剧仿佛把我拉回了我们和张老师在一起的日子。"

"我已经哭得上气不接下气了，张老师就是这样一位伟大的老师、伟大的妈妈！"

有人说，一条路是桃花，一条路是雪，开满桃花的路上，云蒸霞蔚，前程似锦，不由得你不想往前走。

我们在实现梦想的道路上迈出了第一步，尽管这一路会有温暖绚丽的桃花，也会有清冷寂寞的冰雪，但这些都不重要，这一切都将成为我们生命中的一部分。

张桂梅观看《桂梅老师》

桂梅老师差点来不了现场，之后又来现场观看，但表示"不上台不发言"，看一会儿就走。最后却看完全剧，并上台与演职人员相互鞠躬。

"什么？桂梅老师说她太忙，就不来观看《桂梅老师》演出了，这……这是为什么啊？"在昆明到华坪的大巴车上，剧组接到华坪县委宣传部的同志打来的电话。这句话如惊天雷，一下子打得我晕头转向。

2021年10月30日，在多方对接联系的基础上，剧组开拨向华坪县进发，计划11月1日下午在丽江华坪县首演《桂梅老师》。经与华坪县地方政府、县委宣传部等部门联系对接，确认桂梅老师将带着女高的学生们亲临现场观看演出。

可刚才的那个电话突然打破了车上的宁静，大家你一言我一语，纷纷议论开来。

"可能是桂梅老师的工作太忙了，实在抽不开身来看演出。"

"不对，前期对接工作时，县里都说好了，桂梅老师和女高学生都要来观看演出，一定是哪个环节没有对接好。"

"又或许是桂梅老师觉得赞美的声音太多了，她也不好出席这样的场合？"

"哎呀，我们都不要瞎猜了，还有一个多小时到华坪，到了华坪就知道原因了。"

听得出来，大家对"桂梅老师不出席演出现场"这个爆炸性的消息都失望至极。

6月20日，《桂梅老师》在昆明剧院首场演出以来，得到了很多专家、学者和观众的好评，大家都期待着《桂梅老师》能走上更大的舞台，让更多的人了解桂梅老师。

"可千好万好，桂梅老师本人不认可这部剧，一切努力都白搭。唉……"失望的声音不绝于耳，我的心也沉重起来，距离华坪还有一个多小时车程的那段路，走得很慢、很慢。

我们到达华坪县已经是晚上7点多，从车上卸下行李物品，简单吃了晚餐，我和常浩准备连夜拜访桂梅老师。

"你们到华坪了？哎呀，辛苦啦！我还在守晚自习呢，不用过来了。"常浩拨通了桂梅老师的电话。

"桂梅老师，我们到华坪了，明天就要演出，我们还是想向您当面汇报一下。"常浩说。

"我们建议红梅老师先别去见桂梅老师，让常导先去了解一下情况。"

华坪县的同志插上一句。

"哦，红梅老师……就先不去了吗？"常浩诧异而又为难地转身看向我。

"红梅姐，要不，你好好休息，我先去了解一下情况再和你说？"常浩说。

自从桂梅老师的"名气"越来越大，我就渐渐地淡出了桂梅老师的视线。我不想让别人误以为我和桂梅老师亲近是有"目的性"的，我从不"消费"桂梅老师。

"我知道了，你去吧。"我对常浩说。回这句话的时候，我心里难过到了极点。是我演得不好，桂梅老师不满意，还是我没有主动和桂梅老师联系，我们之间生分了？一百个不解之问占据着我忐忑不安的心，压得我喘不过气来。

"红梅姐，桂梅老师答应明天来观看演出，但是她看一会儿就走，不上台，也不发言。我再和她好好说说。"

我躺下了，但没有睡着，常浩又打电话过来，我更睡不着了。

"红梅姐，你放心，桂梅老师一定会来看演出的。"常浩从桂梅老师那里回来，和我聊了很多。我也不知道常浩是怎样说服桂梅老师的，心里的"大石头"终于放下了。

11月1日上午，我一大早起床就赶到剧场，对光、走台、试话筒。尽管一夜未睡，但我强打起十二分精神。"一定要把这一场重要的演出演好！一定不能出错！一定不能让桂梅老师失望！"我攥紧拳头为自己加油打气，手指抠进手掌里，一阵生疼。

能扮演桂梅老师是我莫大的荣幸，我也特别期待这次华坪演出，但同时也很忐忑，因为华坪人民对桂梅老师太熟悉了，而且桂梅老师和女高的同学们都来到了现场，所以很希望得到她们的接受和认可。

经过一夜的辗转反侧，我渐渐释怀了。我应该轻松上阵，不管结果怎样，都应该坦然面对。

大幕拉开，全体演员倾力演出，赢得了现场观众的热烈掌声，很多人泪流满面。

场灯亮起，我看到桂梅老师坐在观众席最中间，她眼里有泪花闪动。我顾不上擦拭满脸的汗水和泪水，手捧鲜花，快速走到观众席，毕恭毕敬地将手中的鲜花呈献给桂梅老师，并向她鞠躬致敬。

"桂梅老师，您上台给演员们说两句吧。"

她什么也没说，连忙起身，接住了我送过来的鲜花。她正要迈步走出来，身边的一位同志连忙上前搀扶着她向舞台走去。

▲ 2021 年 11 月，丽江华坪，张桂梅现场观看话剧《桂梅老师》

"妈妈……妈妈……"刚走到上场口，饰演儿童福利院孩子的小演员杨梓熙连忙上前拉住桂梅老师的手，桂梅老师也牵着她走到舞台中央。

桂梅老师上台后，先向全体演职人员鞠躬，全体演职人员顿时肃立，向桂梅老师深深鞠躬。

第二天，一篇题为《〈桂梅老师〉话剧在云南华坪演出，现场这一幕让人破防！》的150多字的宣传报道传遍祖国的大江南北。

亮相中国戏剧节

　　亮相中国戏剧节，是《桂梅老师》第一次登上全国戏剧赛
事的舞台。同时，《桂梅老师》也是云南省唯一入选中国戏剧节
的剧目。

2021 年 10 月 9 日至 28 日，第十七届中国戏剧节在武汉举行。中国
戏剧节由中国文联、中国戏剧家协会等主办，是我国戏剧艺术领域规格
最高、水平最高的展演活动之一，也是全国戏剧界展示优秀戏剧创作成
果的重要平台。

　　作为云南唯一入选剧目，话剧《桂梅老师》继在第十六届云南省新
剧（节）目展演中获评"优秀剧目"后，第一次登上全国戏剧赛事的
舞台。

　　说实话，能参加中国戏剧节我感到非常荣幸。把《桂梅老师》带到

武汉这个英雄的城市，为英雄的人民演出，也算是一种缘分！

演出前，主办方举办了"一剧一推介"活动——话剧《桂梅老师》媒体见面会。我和云南省话剧院院长马捷，云南省话剧院创作中心副主任、导演常浩，云南省话剧院演员剧团副团长章超，云南省话剧院国家二级演员刘佳到场参加。我们主创团队就《桂梅老师》的创排历程、人物塑造等与现场嘉宾进行了交流和探讨。

▲《桂梅老师》剧照

10月10日19点30分，《桂梅老师》在武汉剧院成功上演，全场座无虚席。这是云南省话剧院继《搬家》之后，时隔10年再一次登上中国戏剧节的舞台。

中国社会科学院文学研究所研究员刘平观看了演出后，说："把一个英模人物写得如此真实、如此鲜活、如此动人，让人看了无法不动容。"

刘平认为，英模人物是时代的楷模，他们的事迹值得大写特写，他们的精神值得弘扬。然而，有些反映英模人物的戏不感人，不是英模人物的事迹不感人，而是戏剧作品写得不感人。

如何把英模的先进事迹写得感人？《桂梅老师》的创作思路，为当下戏剧创作提供了借鉴。

具体来说，这部话剧没有把桂梅老师"捧"得高高在上，用几句

"仁爱之心""大爱无疆"等空洞的话语来概括，而是写出了生活中的桂梅老师，写出了奋斗中的桂梅老师。一句话，写出了作为一个普通人的桂梅老师。

也就是说，这部话剧褪去桂梅老师身上的一切光环，把她还原为普通人，讲述她一生中感人的故事。从桂梅老师的"来时路"讲起，追溯她的思想形成过程、情感变化过程和理想目标的实施过程。

专家的肯定令我们倍感鼓舞和振奋。事实上，我们主创团队的确是在认认真真地做这件事。

王宝社老师也常说，他是含着感情来做这部话剧的。剧本初稿出来后，我们又去华坪，宝社老师给桂梅老师从头到尾讲了一遍，他心想：如果老姐不认可，就推翻重写！桂梅老师听完后说："说到我心里去了。我自己做的，说不出来，你们帮我说出来了。"

我时时在想，这部话剧能够得到观众的一致认可，最根本的原因是真实。因为真实，所以感人。

戏如人生，人生如戏。不管是做人还是演戏，都要做到真实。

全国巡演

　　2022 年 6 月 30 日，《桂梅老师》在多方支持下，正式开启首轮全国巡演的序幕，把张桂梅的故事讲给更多的人。

　　2022 年 3 月起，《桂梅老师》就陆陆续续登上了更高更广的舞台。3 月 9 日至 10 日，作为"大戏东望·2021 全国话剧展演季"邀请剧目精彩亮相北京人民艺术剧院首都剧场。这是该剧继荣获第十七届中国戏剧节优秀剧目奖、第五届华语戏剧盛典"建党百年主题创作十佳作品"之后再次登上全国舞台。

　　在云南、武汉、北京等地开展线上、线下演出 45 场后，2022 年 6 月 30 日，《桂梅老师》在云南省文化和旅游厅、云南省文联和云南保利剧院管理有限公司的支持下，再次踏上新征程，在江苏省南通市海门区海门大剧院连演两场，正式开启了首轮全国巡演的序幕。

之后一个多月的时间里，《桂梅老师》分别在马鞍山、福州、慈溪、宜春、北京、海口、重庆、株洲和常熟等 10 座城市，为当地群众带去 11 场精彩演出。

仲夏之初的全国巡演特别辛苦，所到之处气候炎热，都是 38℃ 以上的高温天气，有的地方气温甚至超过 40℃。全体演职人员克服着从高原气候到平原闷热天气带来的诸多不适，无一抱怨，大家都以最好的状态把这部话剧呈现在观众面前。

7 月 11 日晚，福州海峡文化艺术中心剧场内，观众被剧中小男孩与母亲在狱中过生日那一场戏感动得流下热泪。

"我知道，你就是为了让孩子吃上蛋糕。""桂梅老师"说。

"呜……呜呜，吃上蛋糕啊！"小男孩的母亲（国家二级演员马林玲饰）泣不成声，当"桂梅老师"道出孩子母亲的满腹委屈时，她仰天哀号："吃上——蛋糕！"那一声歇斯底里的悲吼瞬间戳到了观众心中最柔软的地方，哽咽声、啜泣声，甚至抽噎的呜呜声布满整个剧场。

然而，观众所不知道的是，演员在台上激情爆发的瞬间，她的右边肩膀，重重地撞上了我的下颌。

台上的这一"撞击"只有我们两人知道。我感觉下颌似乎会脱臼，下意识地咽了一下口水。谁知，一口咸咸的热流被咽下去了。我顺势半侧着身子掩面哭泣，又动了一下痛到几乎麻木的下颌，并用余光看了一眼捂住下颌的手掌。"还好，下颌没有脱臼，血没有往外流。"我庆幸地想。

就这样，我强忍着剧烈疼痛继续演出。

老演员们常说："戏比天大。"演员要对舞台心存敬畏，哪怕台下只有一个观众。只要演员一站上舞台，场灯一亮，就要忘却自我，全身心地投入角色中。

正如表演艺术家濮存昕所说："话剧演员的每一场表演，不仅展现了他对戏剧人物的理解，同时也受到演员当时情绪和境遇的影响，是演员人生某一时刻的心绪在舞台上的投射，也是创作者生命状态的反映。"正因为如此，话剧艺术可以说是一种生命的艺术。

值得一提的是，由于本轮巡演地点均处盛夏季节，大家努力克服着湿热天气给身体带来的不适，齐心协力为演出默默地做着各项工作。

在一次卸车、装台的过程中，由于高温闷热，舞美队陈安平同志的汗水湿透全身，他那湿滑的双手没能抓稳道具箱，导致箱子重重地砸在他的右脚上。

为了不耽误工作，他忍着疼痛坚持和大家一起装台。回到驻地他才发现，右脚拇指上的指甲盖已经脱落，袜子上都是血水，脱也脱不下来。

▲《桂梅老师》剧照

第二天，他买了一双最大号的拖鞋，把肿胀的右脚塞进拖鞋里，左脚穿着旅游鞋，一瘸一拐地又出现在了舞台上。

一方舞台上演百态人生，聚光灯下的精彩演出背后总有很多令人感叹、耐人寻味的故事。

在光鲜亮丽的舞台背后，隐匿着散落在剧场各处的"隐形演员"。他们是"灯、服、道、效、化"等承担各种职能工作的人，他们就是戏剧人"一棵菜"精神中的"菜帮""菜叶"甚至"菜心"，他们始终没有机会走到大幕前，只能在幕后默默地奉献。

我们心怀感恩，把艺术传播正能量的责任和重担扛在肩上，把桂梅老师的故事讲给更多的人听，我们不正是桂梅老师大爱无疆精神的践行者吗？

演出前病倒了

去石家庄参加中国艺术节角逐文华大奖前我病倒了,与死神擦肩而过。我鼓励自己,一定不能倒下,我要在这个大舞台上讲述张桂梅的故事。

在参加中国戏剧节、角逐文华大奖这两场重要的比赛前,我都病倒了。有人说我紧张,有人说我压力大,其实,我自己的身体,自己最清楚。

2013年,我被查出甲状腺癌,整个肿瘤大到让脖子变粗了一大圈,医生让我立即住院切除。

我是一个演员,脖子上"动刀"会留下疤痕。为了不留下伤疤,我选择腔镜手术分多次切除。由于肿瘤比较大,手术一共做了3次,每次都是全麻状态下做的。

自从甲状腺的肿瘤切除后，我的身体免疫力急剧下降，经常感冒、咳嗽，常年失眠，每天要靠药物才能勉强维持体力。太阳下多晒一会儿，我就会全身长疹子，奇痒无比。

将心比心，我更能体会到桂梅老师的伟大。她浑身是病，她的病比我严重，但她一直在为大山里孩子的教育而劳累奔波，她分明是在拼命。一个人连死都不畏惧，还有什么事做不成的呢？

2014年我调入省文联工作后，一切工作要从头再来。连续的加班劳累使我患上了肾炎，颈椎病变又常常使我头晕眼花、手脚发麻、不能动弹。

2020年下半年，《桂梅老师》建组创作以来，我投入了大量的时间和精力。要演出最本真的桂梅老师，技巧和设计都不重要，用赤诚去表现赤诚、用爱去传递爱才是最重要的，这样才能将桂梅老师的爱更准确地传递给观众。

每次排练、演出，我都要先感动自己，这样才能感动观众。那段时间，我几乎排练一场哭一场，演出一次哭一次，导致整个人都是阴郁的，半年多暴瘦7公斤，视力也因为哭得太多而下降得厉害。

去石家庄参加中国艺术节角逐文华大奖，由于疫情原因，全剧组需提前三天前往石家庄酒店隔离。

出发前两天，我病倒了，全身酸痛，四肢乏力，咽喉肿痛，这些症状像极了新冠肺炎的症状。我戴好口罩，拖着无力的身体去做核酸，然后回到家，躺在床上焦急地等待。当手机健康码显示核酸"阴性"时，我如释重负，但身体状况丝毫没有改观。

我不敢去医院，生怕这样的症状被医生隔离在医院，只好这么硬扛着。那一天在飞机上，由于长时间吃不下东西，加上失眠头痛、手脚发麻，全身怕冷到打起寒战，手指、脚趾颤抖得抽筋。

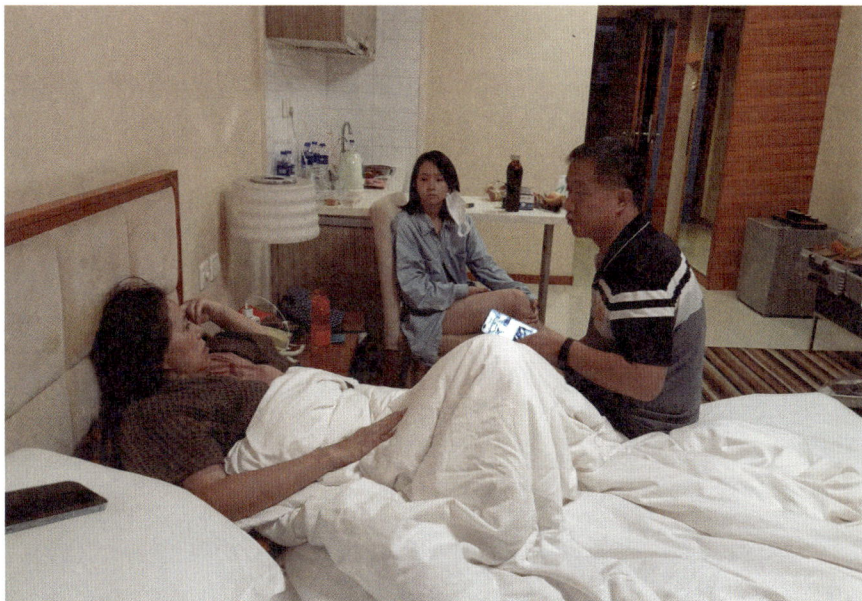

▲ 2022 年 8 月，角逐文华大奖前三天，我病倒了，导演常浩与我在宾馆房间探讨表演细节

同事们吓坏了，塞了两块巧克力让我含着，又帮我使劲搓着手臂，机舱服务员也拿来两个暖水瓶让我抱着，过了好一会儿我才勉强停止了颤抖。

下飞机，上车，到酒店住宿，几乎都是同事架着我完成的。隔离的那三天我卧床不起，虚弱得只剩下上下浮动的喘息。

同事拨通医生朋友的电话对我进行电话问诊，初步判断我的症状属于急性肠胃炎、重感冒和颈椎病等。

按照医生的指导意见，同事到附近药店买了药，话剧院的张玉臻又帮我按摩，依然不见好转。

我不想半途而废，在紧要关头掉链子。我硬着头皮坐起来，哽噎地吞着各种食物。进食、吃药、呕吐，再进食、再吃药、再呕吐，如此反复着。

同事们都急坏了，女同事生怕我出事，夜里调了一小时一次的闹铃来看望我，抚摸我的头部来判断有无发烧。

年轻的孩子急得哭起来，她们担心我会死。我更担心我的体力支撑不下几场演出。

或许是药物慢慢起了效，又或许是我的意志起了作用，正如病魔、困难总是无法阻止桂梅老师的脚步一样，终于，在比赛前一天，卧床几天的我奇迹般地站起来了，重新站立在舞台中央，为观众继续讲述桂梅老师的故事。全体演职员都哭了。

桂梅老师常说，"所有人都付出，爱就有良性循环。无数人的爱加起来，才是真正的大爱无疆，社会就有阳光和温暖"。

她像一束光，以爱为光源，拼了命去照亮山村女孩的人生，也照亮自己的生命行程。这束光也深深地映照在《桂梅老师》剧组的每一个成员心中。他们迫切地要将桂梅老师的故事讲述给更多的人听，要将这束光去照亮更多人的生命历程。

作为云南省唯一入选终评的作品和参评单项奖作品的演员，面对获奖、荣誉，自然有责任尽最大努力争取好的结果。

但是最初创作该剧时，我并没有将获奖作为目标，只是觉得作为云南的文艺工作者，我有责任将为云南边疆教育事业付出一切的桂梅老师搬上舞台，将深深打动自己的那份爱传递给更多的人，用桂梅老师的爱去呼唤更多的爱。这是创演这部作品的初心和主旨。

所以，我所看重的不是评奖的结果，而是有没有把桂梅老师的精神呈现好，有没有将桂梅老师的爱有效地传递给观众。

这次演出也只是我们传递桂梅老师的精神和爱的一个站点。真爱没有边界，也没有终点。无论评奖结果如何，我们都会将这份爱永远传递下去。

《桂梅老师》里的张桂梅

不能再等了

　　站在破败的房子前，望着远方看不到尽头的重重高山……
张桂梅觉得不能再等了，她想要为这些孩子做点什么，来改变
这种状况。

　　儿童福利院的孩子中，很大一部分是被遗弃的女婴。她们健健康康，
好手好脚，却仅仅因为是女孩就被丢弃，就像小孩子丢弃一件不喜欢的
玩具一样随意。

　　这些孩子本该拥有快乐的童年，在父母的呵护下茁壮成长，可以躺
在长辈怀里撒撒娇，这是孩子应该享受的权利。但这里的孩子，偏偏没
有这样的权利。

　　早在2001年，那时桂梅老师了解到，其中一个女孩成为孤儿，竟然
是她家里人重男轻女的观念导致的。

　　女孩的母亲怀有身孕即将分娩,孩子的奶奶怕花钱,坚决不让孩子的母亲去医院生产,而是请了当地一名给动物接生的赤脚兽医来帮孩子母亲接生。结果母亲难产、大出血,孩子胎死腹中,产妇又没有得到及时的救治,两条人命就这样没了。

　　临终前,孩子的母亲希望能见一见孩子的父亲,可是孩子的奶奶死活不肯。她固执地认为女人生孩子不吉利,硬是不肯叫孩子的父亲过来。就这样,可怜的农妇带着遗憾离开了人世。

　　孩子父亲心生愧疚,对生活失去了信心,整天用酗酒来麻痹自己。一次雨天下地干活时,因为连续酒醉,不小心跌入河沟里淹死了。父母双亡,只剩下年迈的奶奶和年幼的女孩艰难度日。

　　没有去家访前,桂梅老师怨恨这个狠心的老太太,但真正到了她们家里,那种恨却无奈地消解了。

▲《桂梅老师》剧照

站在破败的房子前，望着远方看不到尽头的重重高山，张桂梅不知道究竟要恨谁，只觉得大山压顶般的痛苦与悲哀。

没过多久，孩子的奶奶也去世了，孩子就跟着张桂梅到了儿童福利院。

路过孩子父母的坟时，张桂梅牵着孩子冰凉的小手承诺："孩子我带走了，你们放心，我一定不会让孩子冷着饿着，一定把孩子教育好，绝不能让你们的悲剧，再在孩子身上重演。"

她俯下身，擦干孩子脸上的泪，坚定地说："孩子，我带你走了，你跪下，给你爸妈磕三个头吧……"

另一个孩子的经历，让张桂梅更坚定了通过办教育改变山区穷苦孩子命运的想法。

孩子的妈妈在地里干活，一个陌生人来问路。孩子的妈妈怯生生地说着方言，陌生男人没听清，似乎是拍了拍她，又扯了扯她的衣服。这一幕正好被地里干活的其他农妇看到了。孩子的妈妈一时慌了神，大声呼喊："救命啊，救命！"

那问路的男人吓了一跳，慌忙跑了。

有人说她不检点，和陌生人拉拉扯扯；有人说她故意和陌生人搭讪……一传十，十传百，流言蜚语一时间成了村里人茶余饭后的话题。

过了两天，她觉得自己实在没脸见人了，于是就选择离开了人世。

孩子的爸爸觉得她一定做了什么对不起他的事，他在村里也没面子，抬不起头来，结果，也撒手人寰。

两个鲜活的生命就这样没了，他们的两个孩子一下子成了孤儿，小的才3岁。

桂梅老师想不通这对夫妻为什么这么极端，决定去他们家里看一看。

他们的家在一个山头上，一间破房子常年漏风漏雨，房子周围什么也没有。看到两个孩子孤苦伶仃地坐在窄窄的门槛上，任呼啸的冷风吹着破败的门窗哐当作响。

到了儿童福利院后，那个 3 岁的孩子整夜哭着喊着要找妈妈，引得全院的孩子都哭了起来。桂梅老师又和两个工作人员挨个抱着他们哄。

自从儿童福利院办起来以后，尽管很多孤儿得到了妥善的关心和帮助，但总有一些孩子由于各种原因没被收养在儿童福利院，而流落在外。

没有健全的家庭，缺失父母的爱，抑或得不到家庭良好的教育，孩子的问题就会变成大问题。青少年犯罪问题究其根本，很大程度上和原生家庭有关，也有社会、学校的因素。但众多因素中，家庭因素占第一。

张桂梅觉得不能再等了，她想要为这些孩子做点什么，来改变这种状况。

一个女孩可以影响三代人

　　"培养出一个女孩，最少可以影响三代人。"一个看似"疯狂"的想法，在张桂梅心中越发清晰，"我想为这些大山里的女孩建一所免费的高中！"

　　华坪的海拔虽然只有1000多米，但是冬天还是很冷的。因为没有洗脸洗脚的热水，学生们的手脚常皲裂，显现出一道道带血的口子。有些学生冬天还穿一件单衣，有些学生没有鞋袜，蜷缩在椅子上认真地听课、做笔记。

　　孩子们乐观向上的精神也鼓舞着张桂梅。作为一名老师，她时刻感受到孩子们渴求知识的目光一直看向她，让她有了一种被需要的幸福感。

　　在华坪教书久了，张桂梅发现一个奇怪的现象：来上学的女生非常少。

而且每当假期过后，总有几个女生辍学，这令她百思不得其解。一打听才知道，她们都嫁人了。

嫁人？她们都才是十五六岁的未成年孩子啊，怎么能嫁人呢？孩子没有到法定年龄怎么能结婚呢？这是违法的呀！

当地人一提到女孩辍学的原因，都纷纷劝桂梅老师不要管了，这事已经习以为常了。

虽然是嫁人了，没有办理结婚手续，但很难追究法律责任。

又有一些女学生读着读着，人就不见了。桂梅老师便利用寒暑假时间进行家访。那些贫困的学生，就像无数颗星星，散落在大山深处。

每天伴着星辰而去，迎着月亮而归。为了让当地的孩子得到更好的教育，桂梅老师走访过无数个学生的家庭，总行程达到 11 万余公里。

去家访的路上，很多地方不通车。这正如学生们来上学的艰难一样，住得远的学生，要在开学前一天的早上出发，太阳落山才能走到学校，身上还得背着十多公斤的粮食。很多孩子肩头磨破后，留下一道道深色的血印。

贫困造成的悲剧赤裸裸地摆在桂梅老师眼前，令她触目惊心。

有些学生家里拿不出粮食，又没有钱，这样的孩子抹着眼泪，站在学校门口迟迟不敢进来；有些学生长期只吃一两个菜，甚至几个月不吃一次肉，只就着酱油拌饭吃。

桂梅老师在走访中还切身了解到，农村重男轻女的思想是如此根深蒂固，导致女孩不读书的理由也是多种多样。

有的姐姐因为父母要给家里的弟弟交学费，而被父母勒令退学，回家干农活或外出打工。有的十几岁的小姑娘因为家里收了彩礼，不得不准备嫁人。

由于得不到良好的教育，有的女孩因为缺乏法律常识，犯罪获刑。还有的因落后、错误的生育观念，在生产时不幸去世。

桂梅老师极度心痛。低素质的女孩成为低素质的母亲，低素质的母亲又培养出低素质的下一代，这种恶性循环使张桂梅下决心要改变大山里女孩的命运。

"一个女孩可以影响三代人。"桂梅老师说，如果能培养有文化、有责任的母亲，大山里的孩子就不会辍学，更不会成为孤儿。一个看似"疯狂"的想法，在桂梅老师心中越发清晰："我想为这些大山里的女孩建一所免费的高中！"

为此，桂梅老师来到华坪县教育局寻求帮助。华坪县教育局的领导将现实的"考卷"摆在张桂梅面前，他问张桂梅，建一所女子高中大概需要多少钱？建一个高中的生物实验室得花多少钱？张桂梅想了想回答说："两万够了吧？"实际上，需要在两万后面再加两个零。

可张桂梅钻了牛角尖，这一钻就是几年时间。

转机出现在 2007 年，张桂梅当选党的十七大代表。她把县里给她买衣服的钱给学生买了电脑，自己却穿着露破洞的裤子赴北京参会。

这一细节被一位女记者发现。她在询问并了解了这位穿着破裤子来开会的山村女教师的故事和期盼后。一篇题为《我有一个梦想》的采访报道见诸报端。"我想办一所不收费的女子高中，把山里的女孩子都找来读书，这是我的梦想。"这篇报道让更多人了解到张桂梅的办学梦。

仅仅过了不到一年时间，在党中央和各级政府以及社会爱心人士的关心和支持下，全国第一所免费女子高中——华坪女子高中正式建立。

2008 年 9 月 1 日，只有一座教学楼的华坪女高迎来了第一批学生——100 余名来自丽江市华坪、永胜、宁蒗等贫困县的女孩们。

　　由于没有入学门槛，这些学生都来自贫困家庭，文化基础不高，有的学生数学考试才得 6 分。学校在创办初期，还面临着基础设施不完善、办学经费不充裕等各种问题。面对这样的生源和办学条件，桂梅老师却坚定地表示："三年后，必须让学生全部考上大学，而且要努力上一本、二本！"

　　桂梅老师每年都会鼓励女孩们考上更好的学校。她说："我对她们的期望是什么呢？不是一定要考上名牌大学。我希望她们变得更强，有能力去帮助那些需要帮助的人。"三年过去了，放榜那天，老师和孩子们看着成绩都哭了，华坪女高第一届参加高考的 96 名学生全部考上了大学。

　　最让张桂梅惦记的还是华坪女高的学生。

　　黄付燕是华坪女高建校后招收的第一届学生。家里因为给哥哥治病花光了大部分积蓄，父母根本没有能力继续供她上学。但 2008 年，正因为华坪女子高中的出现，让她有了继续读书的机会。

▲《桂梅老师》剧照

2011 年，黄付燕考入内蒙古师范大学，毕业后到上海工作，在工作上取得了一些成绩。"如果没有女高，我可能都没有上大学的机会。"黄付燕一直怀着感恩的心，心系母校。2018 年，她随同丈夫和刚出生不久的小孩回到母校，并带着 2000 块钱想为学校捐款。张桂梅知道她的情况后，委婉地拒绝了："你现在又带小孩又没上班，等以后学校有需要再联系吧。"

如今，华坪女高一本上线率从第一届的 4.3%，逐年增长到 2022 的 44%，高居丽江市升学率第一名。华坪女高的学生们相继考上浙大、复旦、武大等名牌大学，一批批走向教师、警察、医生、军人等工作岗位，成长为桂梅老师所希冀的样子。

其中有两个女孩的志愿是去西藏当兵，桂梅老师知道这个消息后因为不舍而掉泪，孩子们反倒安慰她："您告诉过我们，祖国哪里需要，我们就上哪里去！"听到这番话，桂梅老师瞬间哭成了泪人。

她说："在那一刻，我就想，不管我付出什么，都觉得值得。"

买真酸奶的背后

> 儿童福利院的每个孩子背后都有一个不幸的故事，每个孩子心里都藏着一块坚冰。张桂梅总是像亲人一样，小心翼翼地保护着每一个孩子的自尊心。

华坪县儿童福利院是一个国外华人社团的基金会与丽江市政府合办的。捐款的慈善机构指定要张桂梅担任院长，每年投入7万元，场地和两名员工的工资由华坪县负责。

之后，基金会又派专人来辅助桂梅老师管理儿童福利院的日常事务。话剧《桂梅老师》中"买真酸奶"的情节，就反映了基金会派来的财务专员和孩子们之间发生的故事。

事情是这样的：

"可以说她是大魔头，脾气大，但是，也不能太大！"宣讲队成员们都这样认为。

这时，儿童福利院三个孩子的扮演者疑惑地说："妈妈发脾气我们不怕，就算是妈妈打我们，我们也不怕。"

继而，一件真实的往事再现于舞台一侧：基金会的专员喝着一瓶酸奶，一个孩子看见了，馋得直咽口水。她便问孩子："想喝吗？""嗯！"孩子答道。"可是酸奶喝完了，你等会儿。"她心想：福利院的孩子没见过什么世面，糊弄一下，哄孩子开心就好。于是，她把水兑进酸奶瓶里摇晃着，以此哄哄孩子。桂梅老师看见后，既心疼孩子，又非常生气，就狠狠地打了孩子屁股一下，孩子哇的一声大哭起来。

"我打她是让她记住，她有妈妈，妈妈会给她买酸奶！买真酸奶！"第二天，桂梅妈妈一下买了四箱酸奶，发给孩子们……

"这些孩子没有父母，内心敏感脆弱，只有真正去爱他们，耐着性子，慢慢交流感化，以心换心，才能最终达到信任和依恋。"桂梅老师感慨地说。

▲《桂梅老师》剧照

类似这样的故事，我们剧组在华坪采风期间经常遇到。

那一天，刚在省会昆明开完会的张桂梅，当天中午饭也顾不上吃，就急急忙忙往大山深处的华坪县赶。那里，一大群孩子正等待着她回去。

"每天晚上 10 点左右，一个短信，或者一个电话，我都要打到儿童福利院，问问读书的孩子回来了没有，回来睡觉了没有，有没有谁身体不舒服。没办法，我放不下孩子们哪。"桂梅老师在外开会，依然牵挂着大山深处的孩子们。

晚上 9 点多，送张桂梅回华坪的公务车停在儿童福利院宿舍楼下，一群孩子纷纷过来帮忙，拿一大箱一大箱的东西。那些都是张桂梅利用开会之余在商场、超市买的东西，有图书、好吃的零食，还有热心单位和个人捐赠给儿童福利院的东西，有衣服、文体用品等，满满几大箱，塞满了汽车后备厢。

其实，张桂梅离开华坪去外地开会才一周的时间，但是孩子们见到她，就像分别了好几年似的。

走进儿童福利院，完全颠覆了我们对儿童福利院的认知。这里的宿舍干净整洁，蓝色的墙裙、蓝色的床单映入眼帘，卡通的贴画贴在雪白的墙上，明媚的阳光洒在屋里，让人感觉格外温馨。书桌摆放得很整齐，零食很多，就这样放在桌上，孩子们可以随意拿取。

儿童福利院，不管是大门外观还是内部设施，都让人感觉像个幼儿园，抑或是一个远离城市喧嚣的温暖的家，而不是一个福利机构。

然而，每个孩子背后都有一个不幸的故事，每个孩子心里都藏着一块坚冰。

我们尽量不过问孩子的身世，除非孩子本人愿意说，否则，我们仅仅是走走看看，默默地看着孩子们嬉戏玩耍。因为也许不经意的几句话，可能会让孩子重回冰天雪地的世界。

采风时，偶然看见感人的一幕。有个女孩跑过来想让桂梅妈妈抱一抱，撒撒娇。我顺势握着她的小手，孩子忽然很拘谨。

她的手上有伤！桂梅老师见我诧异，赶忙给我比了个手势，意思让我不要问她什么。

"让我看看，小芳（化名）今天吃饱了没有？"桂梅老师把孩子搂过来，拍拍她的小肚子，"哦，不错，今天吃得饱饱的。好的，去和姐姐们玩儿去吧。"

等孩子跑开后，桂梅老师这才说："这个孩子是一个弃婴，被当地老乡捡到的时候，她身上有严重的烧伤，不幸的是，捡到她的老乡也有残疾，于是便把她送到了儿童福利院。直到今天，我一直想着要给小芳做手术。"她希望给孩子一副健全的身体。

每一个孩子都有自己的隐私和自尊，桂梅老师总是像亲人一样，小心翼翼地保护着每一个孩子的自尊心，尽量为他们提供一个健康成长的环境。

无数声"妈妈"的背后，是张桂梅对孩子们无私的奉献，也是张桂梅默默守护儿童福利院的力量。或许我们穷其一生都很难去改变一个人的命运，但张桂梅做到了。

正如她说的那样："如果我是一条小溪，就要流向沙漠，去滋润一片绿洲。"

把青春献给党

张桂梅明知道自己的身体状况不好，但她依然把自己所有的精力都放在了教书育人的工作中，把自己的情感全部倾注在学生们的身上。

张桂梅常说，在她最需要帮助的时候，是这里的父老乡亲们为她捐款治病，是组织的关心温暖了她，这份恩情，她是一辈子也还不完的。

就是怀着这样一颗报答党和人民的心，张桂梅勇敢地与病魔抗争，与时间赛跑，忘我地工作，勇敢地承担起这份责任和使命，即便是在治疗期间也不愿耽误一节课，没有放弃一名学生。

在教书育人的辛勤工作中，张桂梅用自己的一言一行，用心血和汗水，坚定地守护着自己的信仰，践行着自己的入党誓言。

起初，选择在华坪县当教师是一种逃避和放逐。张桂梅先在华坪县中心中学当老师，主动申请带 4 个初三毕业班，想将所有精力投入教学中，不料身体上的疾病又缠上了她。

1997 年 4 月，张桂梅觉得自己脸色慢慢变得乌黑，身体也消瘦得很快，肚子胀鼓鼓的，摸上去还硬硬的，像块大石头，有时还让她疼痛难忍。

她忐忑地走进医院做了检查，检查结果出来那天，她的整个世界又一次崩塌了。

体检查出，张桂梅肚子里有个肿瘤，已经像 5 个月的胎儿那么大了。听到这个消息后，她颤抖地接过诊断书，泪水模糊了双眼，拖着沉重的双腿，一步一步地往学校走去。

那一年的春天，华坪县鲤鱼河水哗哗地流淌，倒映着岸边的杨柳，春风温暖和煦，人群熙熙攘攘。但张桂梅走在河边，脑海里嗡嗡作响，她感受不到春天的美好。

张桂梅的心仿佛沉入水底，无法呼吸："老天怎么对我这样不公平，让这么多亲人离开了我，难道还不允许我有一个健康之躯，为教育多做点事吗？"

她仰头问老天，这到底是怎么了。可她问不出什么，因为这个叫华坪的小地方，她刚来不到一年，基本上没有可以说话的人。

比起当年，更加让人悲哀的事情是，她已经一无所有——没有钱，身边也没有一个亲人。

学校就在医院的北边，但那天，她绕着西边的鲤鱼河走了很远很远的路。

医生建议她尽快动手术，不然后果十分严重。但她脑海里浮现出了孩子们渴求知识、渴望走出大山的眼神。"是放弃治疗，还是放弃孩子？"

她反复问自己。

自己才 40 岁，命运不公，她也心有不甘啊！可这个时候若走下讲台，会影响这群即将中考孩子们的成绩。上百个家庭的希望就摆在眼前。

那一天的傍晚，落日的余晖褪去了晚霞最后一抹酡红，夜，像半透明的墨油纸，渐渐铺展开来。入夜，窗外细雨蒙蒙，灰黑一片，天空阴郁着脸。

得了绝症，反正横竖就是个死，干脆不去想这么多了，等学生中考完再做打算。如果老天真是这么残酷，那么通过努力把孩子们送进考场，让他们从此走上一条不一样的路，也是值得的。至少在生命的最后时光里，能为孩子们做点什么，死而无憾！张桂梅一夜辗转难眠。

为了不影响学生们考试，张桂梅默默地把诊断书放进抽屉，忍着剧痛，又站在了讲台上。

中考前，连续的雨夜，让整个华坪笼罩在黑夜的风雨中。

在这样的夜晚，张桂梅守着孩子们上晚自习。突然，一阵剧痛让她猝不及防，渐渐地，她眼前模糊一片，耳朵听到的声音也越来越远，她倒在了讲桌旁。

情况十分危急，赶来的男老师二话不说，背起张桂梅冲进雨夜，跑去医院救治。吸氧气、打吊瓶，几个女老师也都围在她身边，焦急地喊着："张老师，张老师！"

她渐渐醒来，看着老师们关切的眼神和泪水，身在异乡的她深深地被感动了。

大家都觉得她太劳累、太拼命，纷纷劝她多休息。只有她自己知道倒下的原因，但她什么也没有说，也没有告诉任何人，更没有在别人面前掉过一滴泪，硬是撑到了中考。

中考结束后，她悄悄踏上去往昆明的夜班车，医院给她做了肿瘤切除手术，从她体内取出了一大块重达 2 公斤的肿瘤。

由于肿瘤太大，压迫得周围的脏器有些移位，医生都难以想象她这么一个弱女子是怎样坚持下来的。

手术后，张桂梅不顾医生的劝阻，只休息了 20 多天，便又回到了华坪。

更让人想不到的是，8 月，她主动申请调到条件更为艰苦、新分设的民族中学继续教书，并又一次主动要求带毕业班。

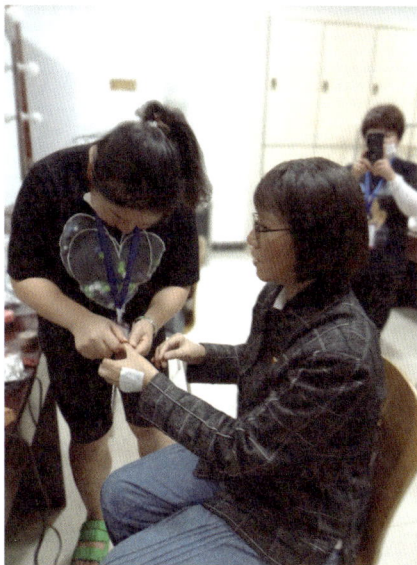

▲ 2022 年，话剧《桂梅老师》在福州开启了"保利院线全国巡演"的序幕，化妆师在化妆间为"桂梅老师"做造型

张桂梅从小读着《红岩》长大，最喜欢的人物是江姐。张桂梅曾在一篇文章中深情地写道："江姐是我一生的榜样，小说《红岩》和歌剧《江姐》是我心中的经典。我最爱唱的是《红梅赞》，演江姐、学江姐。她的坚强，她的忠诚，她的坚定信仰，她的无畏，成了我一生的楷模。"

1997 年 8 月，她在党旗下庄严地许下诺言，一定要做江姐和焦裕禄那样的人。"能把青春献给党，正是我无上的荣耀。"江姐的这句唱词，铸就了她一生的人生信仰。

1997 年底，由于手术过后休养时间不够，加上每天超负荷工作，她的身体更加虚弱，病情很快又复发了，还引发了很多并发症。

这一次，她心里冒出的念头是："干脆不治了。"一方面是因为丈夫去世，世间已让她无可留恋；另一方面，微薄的工资难以继续承担治病的费用。她要用自己有限的生命，把"对党忠诚，积极工作，为共产主义奋斗终身，随时准备为党和人民牺牲一切"作为人生的最高追求。

张桂梅就这么拖着一身病痛，直到有一天上课时，她实在撑不住了，又一次晕倒在讲台上……

那时，张桂梅觉得自己的生命可能快要走到尽头了，致命的打击、徘徊于生与死的抉择，让她十分纠结。

就在她孤苦无助的时候，学校的同事们知道了这件事情，大家都说："你不要怕，你要治疗，你还有我们。"

后来县长也来了，说："张老师你不要怕，我们再穷也要救活你。"

县里开妇女代表大会时，山里的一位妇女代表身上只有5块钱，还是回家的路费，但她把钱全捐给了张桂梅，自己则走了6个多小时的山路回家。

张桂梅那颗被现实碾碎的心，一下子被华坪县的乡亲们温暖了。在当地党委和政府的关怀下，她的病得到了及时救治。她手捧着那饱含乡亲情谊的捐款，说："我没给这个县城做贡献，我倒给大家带来这么大的麻烦。我算是怎么回事？我愧对这片大山。我一定要为这块土地做点儿事。"

她明知道自己的身体状况不好，但她依然把自己所有的精力都放在了教书育人的工作中，把自己的情感全部倾注在学生们的身上。

想着自己是一名党员，共产党员的责任和义务使她忘记了病痛，忘记了年龄，使她浑身又充满了力量。她要用有限的生命、有限的力量为孩子们多做点事，为她们织出一片生命的绿洲。她一心扑在贫困地区的教育工作岗位上，用自己的一言一行，用心血和汗水，坚定守护着自己的信仰，践行着自己的入党誓词。

这段人生历程的又一次磨难，选入《桂梅老师》的故事里，感动了无数的观众。

筹款之路

    2002 年，45 岁的张桂梅放下面子，四处奔走，逢人就问："我想办一所女子高中，您能不能帮助我 5 块、10 块？"冷漠、质疑、羞辱日复一日如冰雹般无情地向她袭来，但她从未放弃，一个人吞下所有的委屈与绝望。

    "中国十大女杰""全国优秀教师"……那一本本红色的证书就那样躺在地上，仿佛受委屈的孩子，红色的光也暗淡了。张桂梅俯下身去，用颤抖的双手捡拾着被人扔在地上的各种荣誉证书。

    "骗子，这个社会就是被你这种骗子搞得乌烟瘴气的。"面对路人的质疑、侮辱、谩骂，她无力得几乎瘫坐在地上。捡起一本，挽着袖子擦拭着证书上的灰尘，再紧紧抱于胸前。她仰起头，痛苦和无奈的泪水瞬间淌湿了整个脸庞，没有哭声，却比哭出来还难过。

这一幕是话剧《桂梅老师》中，体现张桂梅为建一所免费女子高中，而走上了漫漫筹款路的一个场景。这场戏，将桂梅老师的艰辛、不易、委屈和坚定，恰到好处地聚合在一起，使得戏剧冲突牢牢牵着观众的心。

台下观众的心被揪得酸疼。积压了很久的悲伤在那一刻爆发出来，很多人流下了热泪。

我在台上饰演张桂梅，也早已泪流满面。

在创办女高之前，她已经获得太多的荣誉。云南省政府授予的"全省先进工作者"称号，中共中央、国务院授予的"全国先进工作者"称号，全国妇联与多家媒体联合评选的"中国十大女杰"称号……如此多的荣誉，足以让她的人生闪闪发光。

张桂梅原本可以躺在"功劳簿"上度过一生，但她非要"光头钻刺堆"，做一件常人都不敢想，更不愿去做的事。

为了实现自己的梦想，张桂梅开始了一条何其辛酸又何其艰难的筹款之路。

有人听说了张桂梅的想法，说她是想出名想疯了，那么多孩子，哪里救得过来？张桂梅却坚定地回答："能救一个算一个！"

说起来容易，但筹备女高何其艰难！吃苦受累、不被人理解、受委屈等，都是可以想象到的困难。

其实，最大的麻烦和风险在于：如果建校失败，之前的努力将付诸东流，又使得关注和支持的人失去信心；如果建校成功，但是办学失败了，势必会给教育界抹黑，无法向广大爱心人士交代，之前所有的荣誉和光环都会消失殆尽，甚至还会引来各种批评。

可她依然坚持着，并在坚守梦想的道路上勇敢地走着。

张桂梅想创建免费女高，她要改变的不是一个人的命运，而是一群人的命运；她想改变的也不是现在形成的观念，而是千百年来，遥远的大山早已根深蒂固的思维和模式。

"这些孩子不是输在了起跑线上，而是从来没有站上起跑线的机会啊！"张桂梅叹息地摇摇头说。

从 2002 年起，45 岁的张桂梅，为了心中的那个梦想，走上了漫长而艰辛的募捐之路。

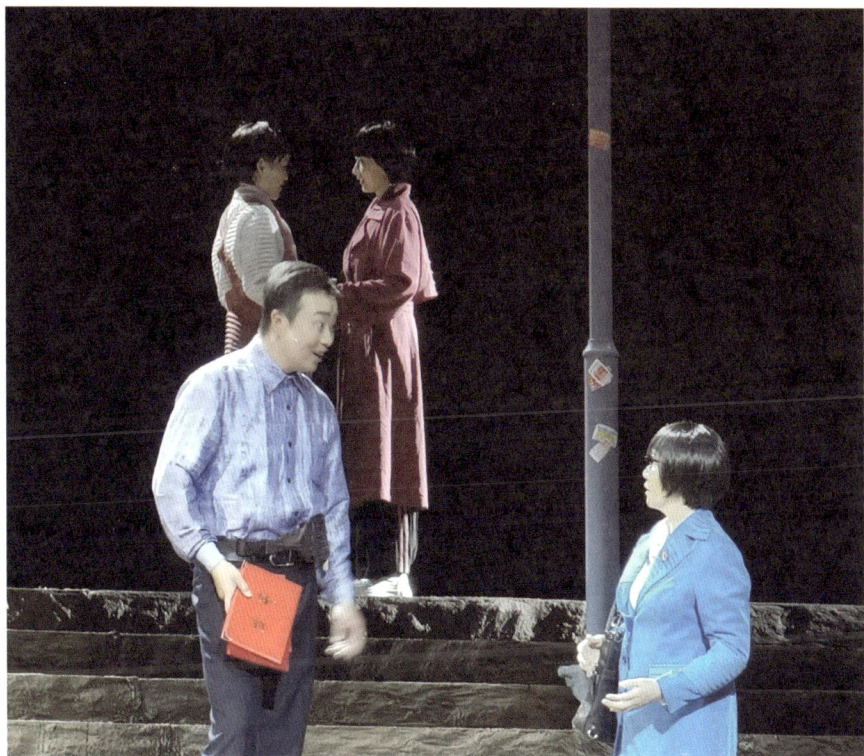

▲《桂梅老师》剧照

她刚开始是去各单位、企业募捐。理解张桂梅的单位领导，300元、500元这样凑着硬塞给她；不理解她的人，甚至让门卫放狗咬她，把她的裤脚都咬破了。她坐在满是泥土的路边放声大哭，忘却了被咬伤流血的脚带来的疼痛。

她觉得光这样募捐无济于事。

之后，张桂梅就复印了所有的奖状和荣誉证书，一到节假日就上街搞募捐、筹钱，逢人就说她的梦想。她放下面子，向路人苦苦哀求："请大家支持我，为了大山里的孩子免费上学，改变命运，请帮帮我吧。"

有人骂她，有人朝她吐口水。有路人斥责她："有手有脚不好好干活，戴个眼镜出来骗钱！"

那时，没有人能理解她的梦想。很多时候，募捐几天也一无所获，还倒贴了很多路费。她疲惫无奈地看着城市里熙熙攘攘的人群，看着街道上闪烁的霓虹灯，泪流满面。困了累了，她随便挨着墙脚靠着就睡着了。

五年的时间里，她只筹得了一万多元，梦想离现实越来越遥远。她强打着精神，一次次坚强地站起来，再募捐，再受打击，但依然坚持。

很多人都劝她放弃吧，不要做无谓的努力了：全国那么多发达省市都不能建起一所免费高中，更何况是边远贫困的华坪县呀，这件事根本办不成，梦想去掉想，终究是个梦啊！

在梦里，她看到一个个女孩滑落深渊，她努力伸手去拉，却一个也拉不住，只能眼睁睁看着一颗颗闪闪发光的星星失去光亮，慢慢陨落。

梦醒时分，泪湿沾巾。

"这么难，为什么还要坚持呢？又是什么力量，支撑着桂梅老师坚持到现在呢？"这样的疑问总会萦绕在我的脑海。

2021年6月29日，华坪县女子高中校长张桂梅，和其他28名杰出的党员，一起获得了"七一勋章"。"七一勋章"是党内的最高荣誉。

我在电视机前观看了颁奖的全过程。短短五分钟的视频，感人肺腑。

在"七一勋章"颁奖典礼上，张桂梅那双贴满膏药的双手、举步维艰的身影，无不让人肃然起敬。她被搀扶进人民大会堂后，代表"七一勋章"的获得者发言，"我是一名普通的人民教师"，这是她的开场白。

"习近平总书记将代表党内最高荣誉的'七一勋章'授予我们 29 名同志，这份光荣属于奋战在各条战线上的每一名共产党员。请允许我代表今天受到表彰的同志们，感谢党中央对我们的充分肯定，感谢广大党员群众对我们的支持和信任！"

站在这个象征着最高荣誉的地方，她深情地说："远方有灯，脚下有路，眼前有光。"她向着党旗宣誓："只要我还有一口气，我就要站在讲台上，倾尽全力、奉献所有、九死亦无悔！"

伟大而不自知是一种优秀的品质。张桂梅改写了无数名女孩的命运，让她们学习知识、独立思考，给了她们念大学的机会，但她却不觉得自己做了什么了不起的事情。然而她做的事情，远远超乎人们的想象。

张桂梅常说，她所做的一切，不过是许多共产党员每天正在做的事情，而党和人民却给了她如此崇高的荣誉。戴着这些沉甸甸的勋章，张桂梅受到了莫大的鼓舞。

张桂梅没有孩子，没有财产，也没有家，她的每一个学生，就是她的孩子；她所创办的学校，就是她的家。她最常说的一句话就是，不知道还能不能坚持到下一年。

近年来，随着张桂梅的"名气"越来越大，她获得的奖金也越来越多，但她却把所得的奖金都用于资助学生、开展学校的教育事业，没有给自己留下一点存款。

如今，我们再次走进华坪女高，昔日的容貌早已改头换面，不仅教学设施齐全，还有了田径场、教学楼、宿舍楼和学生食堂。

校园绿草如茵，墙壁上写着张桂梅老师的谆谆教诲。张桂梅说，她救了一代人，这是她做的最有意义的事。

十多年过去了，这些女学生们如今怎么样了呢？她们有的成了警察，有的成了人民教师，第一届毕业的学生，还时不时地回学校帮忙。事实证明，张桂梅确实改变了她们的人生。

11 万余公里的家访路

自 2008 年创办华坪女子高级中学开始，十多年来，每届高三、每个农村学生，张桂梅都要利用假期尽量家访一遍。她不是丽江人，却已走遍丽江各地的山山水水，行程 11 万余公里。

大山之中，扭转女孩因受教育程度低而形成的自身成长和代际恶性循环，并非易事：这不仅是对教育资源的考验，更是一场对陈旧观念的宣战。并且，突破习惯禁锢，光靠激情和热情显然远远不够。

张桂梅尽管患有严重的风湿病，走路如针扎般疼，但每到寒暑假，她都坚持着又一次踏上家访路。这样的家访，十多年来她从未间断。

学生分布在丽江市四个县的各大山头，山路艰险，车子到不了，她便步行；步行走不稳，她就挂着拐杖一步步地挪……有的学生家路途遥远，张桂梅就在山路边以干粮当午饭。

自华坪女高 2008 年建校以来，张桂梅已家访超过 1600 多户，几乎每一名女高学生的家里，都留下了她的足迹。

有一天，在去家访的路上，张桂梅远远地看到山上有个女孩在放羊。

她一直望向远方，山的那头还是山，无边无际，看不到外面的世界。

那是一个多么熟悉的身影啊，民族中学的教室里、走廊上随时都能看到这个孩子勤奋苦读的样子。

有一次，张桂梅提着小喇叭，朝着宿舍喊"姑娘们熄灯睡觉"。半个小时过去后，有个宿舍突然有了微弱的光影，她生气地走到宿舍一看，正是这个女孩，趁大家睡着了，打着手电在被窝里看书、做题。

这个女孩儿就是贾晓莲。

可是不知什么原因，初三上学期一开学，这个孩子就犹如人间蒸发了一样，完全失去了联系。桂梅老师去过她家很多次，可家里那两道破旧的、被雨水侵蚀的门总被一把生锈的锁扣着。询问村里的老乡，老乡们也说不知道，大半年没有见到他们家的人了。

▲《桂梅老师》剧照

"这是个学习非常刻苦的女孩，她的成绩很好，非常有希望考上重点高中的。虽然她家里贫困，初中这两年，我还特意为她向学校申请减免了一部分生活费，就是希望她放下心理负担，好好学、好好考，可不知为什么，读着读着就不见人影了，家里人一个也联系不上。"张桂梅轻轻摇着头说。其实，像贾晓莲这样的女孩子不在少数。每个学期休假回来，由于这样那样的原因，总要少几个。

"晓莲，你是贾晓莲吗？我找了你一年多，你究竟去哪儿了？"

当桂梅老师在山坡上认出她时，她眼里充满了惊喜，继而又有些害怕。为了供她弟弟上学，一家人消失的那段时间，父母正带着她在城里打工。可是，因为没有什么技术，加上她爸爸体弱多病，重活累活也干不了，在外面待了一段时间，实在待不下去又回到这山里来了。

为了给她父亲治病，又为了供弟弟上学，她父亲收了别人家的彩礼，下个月就要把她嫁出去。

一个 15 岁如花骨朵一般含苞待放的女孩，就这样要嫁人了？

"孩子，我们不是说好了吗？从你开始，好好读书，将来改变你们家的命运。你想不想读书？想读书就跟我走，我跟乡里、村里的领导说，说服你爸爸让你继续读书。"桂梅老师拽着孩子就要走。

孩子跟着桂梅老师走了几步，转身又挣脱她的手，山谷间回荡起孩子撕心裂肺的哭声。仿佛又是一件珍贵的宝贝幻化成流沙，从指缝间溜走，张桂梅心里的痛，只有她自己最明白。

曾经有个上高三的女孩，被留在家里掰苞谷，张桂梅家访时问她父母："你们知不知道孩子马上要高考了？"父母回道："没有办法啊，这些苞谷掰不完。"

张桂梅又气又急，给了 400 元，让他们雇人干活，才把女孩领回学校上课。

原来，山区的女孩，很少有读书的机会。她们就算能够走进学校，也只能读上几年书就中途辍学，有资格上高中的，永远都是家中的男孩。

在这个贫瘠落后的地方，在落后思想的束缚下，一代又一代的女孩都是这样过来的。

张桂梅想改变女孩子的这种命运。"我这辈子的价值，我救了一代人。不管是多还是少，毕竟她们后边走得比我好、比我幸福就足够了。"张桂梅说。

开学了，她督促孩子们学习；放假了，她又开始翻山越岭去家访。在时间的推移中，她的身体越来越不好，但是她和孩子们的情感，却越来越深厚。

"要让山里的女孩受教育，让她们改变命运！"怀着这样一个梦想，张桂梅十余年来把2000余名大山里的女孩送进大学，用知识改变贫困山区女孩的命运，用教育阻断贫困代际传递。如今，从华坪女子高中走出的许多学生，不仅实现了自己的梦想，还在祖国需要的地方绽放着青春。

有妈的孩子是个宝

　　孩子们成家立业离开了儿童福利院，张桂梅会始终为他们留一张床，什么时候想家了，就什么时候回来住。无论他们走得多远，华坪县儿童福利院永远是他们的根。

　　回首往事，张桂梅总说忘不了那次在女子监狱吃蛋糕的经历。

　　"当时我觉得去对了，只要我们挽回了她的生命，不管我们在儿童之家多辛苦，都值了。"张桂梅坚定地说。

　　在张桂梅义务兼任儿童福利院院长的时候，云南省女子监狱的一位女民警到儿童福利院来找一名女犯人的孩子，希望能借此机会打开女犯人的心结。

　　"张老师，这一名女犯人失去生活的希望了，她三天两头想自杀，我们民警怎么劝她也不听，她就是想见见她的孩子。"

张桂梅刚开始想着自己上课走不开，只能让孩子跟着女民警去。后来张桂梅在详细听了整个事情的来龙去脉后，决定和孩子一起到监狱，探望那个女犯人。

来到女子监狱，很久没见面的母子俩在监狱相逢时已经略显陌生，而当张桂梅引导孩子对着女犯人叫出妈妈的时候，女犯人瞬间大哭起来。在一旁的女民警端出早已准备好的蛋糕，让这对久别重逢的母子一起度过了一个难忘的生日。

年纪尚小的孩子在切好蛋糕后，将第一块蛋糕端给了在场年纪最大的女犯人。一圈蛋糕分下来，女子监狱里已是哭声一片。

"你把我的孩子培养得这么优秀，我一定努力改造，争取早点出狱。"孩子的母亲哭着对张桂梅说道。此时，在场的其他女犯人也已泣不成声，纷纷说道："我们也一定会好好改造，争取做一个对社会有用的人。"

一个蛋糕缝补了母子心灵的裂缝，一声"妈妈"挽救了一段挚爱的亲情。

儿童福利院里有一个女孩叫张敏（化名），她现在已经是高中生了。她刚来儿童福利院的时候年龄已比较大了，她始终忘不了自己的亲生母亲。

刚到儿童福利院，她几乎不和任何人说话，只是独自一人把对妈妈的思念写在小本子上。实在想念妈妈了，她就独自一人躲在墙角拼命地哭。

她听儿童福利院的孩子们都管张老师叫"妈妈"，很不习惯，心想："妈妈怎么能乱叫呢？她只有一个妈妈，永远也只爱自己的妈妈。"

她还听说张老师是一所中学的校长，同时兼任儿童福利院的院长。

在她的印象中，校长都是非常严厉的，但是她眼前的张老师总是笑眯眯地和他们说话，带着他们在院子里唱歌、跳舞、做游戏，一点也不严厉。

张敏回忆道："在儿童福利院时间长了，我渐渐发现张老师特别关心我们。无论谁生病了，她都很着急。她还和大家一起睡大通铺，对所有孩子都非常好。"

"有一天，张妈妈带着我一起去洗衣服、洗床单，她怕我人小洗不动，就把大件的衣物拿到她盆里洗，只让我洗一些轻薄的衣物。洗好后，她又带着我去院子里晾晒。那天，天气晴朗，阳光照得我们身上暖暖的。她端着大盆在前面走着，我端着小盆在后面跟着，这一幕，像极了我的亲生妈妈。妈妈在世时，也经常带着我去洗衣服，那是我童年的幸福时光。"张敏眼圈红了。

"我不由得鼻子一酸，似乎看见了我妈妈的身影。在抖床单时，张妈妈拉着床单的一边，我拉着床单的另一边，正要把床单抖上铁栏杆时，床单从我的手中滑落，我们咯咯咯地笑了半天。好不容易把床单晾晒好，张妈妈拉着我的手，夸我是个勤劳懂事的好孩子。那一刻，我感觉很幸福，仿佛张妈妈就是我妈妈的化身，她没有离开我。我在床单的一边第一次叫了她一声妈妈，她笑着点点头，眼圈红了。"

"我们在儿童福利院生活，从没有感到过孤独，有妈妈的孩子能享受的，我们照样能享受。哥哥姐姐会照顾弟弟妹妹，高年级的孩子会给低年级的孩子辅导作业，就像一个大家庭一样温暖、幸福。"

"家里的妈妈对你是啥样，她也会这样对你。"一个叫梁丹丹（化名）的女孩说了一句。

"记得上初中时，有一段时间我爱看各种小说，学习退步很大，为此，学校约谈了张妈妈。那天，她从学校回来以后特别生气，把我叫到身边就开始打我。我从来没有见过她打任何一个孩子，我可能是第一个被她打的。"梁丹丹回忆说。

"当她颤抖的手打在我身上时，我感觉不怎么疼，但她自己气得浑身发抖。那一刻，我忽然意识到妈妈老了，她连打我的力气都使不上了。我哭着说：'妈妈，我知道错了。'她停在半空的手突然放下，把我拉到她身边。"

"'孩子，打疼了吗？让我看看，伤着没有，我给你揉揉，以后要听话啊！'她抚摸着我挨打过的地方，用手擦去我脸上的泪水，'孩子，我不是要打你，我是怕你糊涂，误了自己的人生，你以后就吃苦了。'"

梁丹丹说，看着妈妈颤颤巍巍的样子，她的内心像针扎了一样疼。妈妈每天操心女高，操心儿童福利院的孩子们，自己还惹她生气，真是太不应该了。

"后来我发奋读书，从年级400名，一直努力到年级200名。那个学期期末，我被评为进步学生。上台领奖的那一刻，妈妈就在队伍里，微笑地注视着台上的我，向我竖起了大拇指。"

梁丹丹流着泪说："她不是我的亲妈妈，但我愿意把她看成我的亲妈妈，甚至比亲妈还要亲。"

据工作人员说，儿童福利院举办过两次婚礼。

第一次是一个女孩的婚礼，这个女孩要嫁到攀枝花去。婚礼前几天，桂梅老师忙里忙外，高兴得合不拢嘴。

那一天，儿童福利院的院子里张灯结彩，热闹非凡。当司仪说到

"新郎新娘向张妈妈三鞠躬"的时候，新娘却双膝跪倒在地，新郎也跟着跪了下去。

张桂梅扶起新郎新娘，抱着新娘放声大哭，新娘也泣不成声。

看到这个场面，在场的每个人无不为之动容。当时的华坪县副县长李财林亲自为新郎新娘证婚，还送上了他个人的祝福。

第二次是一个男孩的婚礼。

这个男孩毕业后在大理工作，回来举办婚礼，就是想让妈妈高兴高兴。

桂梅老师非常开心，她和前来参加婚礼的客人说了很多关于这个孩子的故事。

看得出来，桂梅妈妈对这个"儿子"视如己出，也很骄傲自豪。

婚礼也是在儿童福利院举办的，现场热烈隆重。桂梅老师流泪了，她看到儿女们都长大了，成家立业了，这个泪是欣喜的泪，是欣慰的泪。

桂梅老师把一群没有家的孩子一个个培养成人，其间的艰辛和喜悦，只有她和孩子们知道。

无论他们走多远，华坪县儿童福利院永远是他们的根。

桂梅老师尽到了一个母亲应尽的责任，让我们感动。妈在哪里，家就在哪里，有妈的孩子是个宝。

最美的胸花是党徽

2007 年，张桂梅当选为党的十七大代表。开会那天，她穿上了自己平时最喜爱的牛仔裤，没想到，裤子上有两个破洞，还被记者发现了。

2007 年 1 月 15 日《新华日报》头版的一篇报道，让张桂梅创办免费女子学校的梦想最终得以实现。"燃灯者"张桂梅的精神也感召了越来越多的人。

那一年，张桂梅当选为党的十七大代表。华坪县给张桂梅 2000 元钱，让她专门订制一套出席会议的衣服。

可张桂梅平时节省惯了，工资都捐给了家庭贫困的孩子。就算是家访，当看到年迈的老人没有吃的、穿的，住在四面漏风的窝棚里，张桂梅也都把自己身上穿的衣服脱下来送给老人，还把身上带着的几百元一分不剩地硬塞给他们。

2000 元对于张桂梅来说是笔巨款，她哪舍得用啊！在赴北京开会前夕，她又把这笔钱"挪用"了，为儿童福利院购置了一台新电脑。

可是，她没有一套像样的衣服，就向当地要了一套纳西族服装带着去北京开会了。

纳西族服装穿在身上，张桂梅觉得怎么也不合适。自己不是纳西族人，又不会讲纳西语，万一被记者"盯上"，非要接受采访怎么办？难道捂着自己的嘴不说话？不行，不行，坚决不行。

开会那天，她索性换上了一套自认为还算不错的衣服穿在身上。

那天早晨，正当她进入人民大会堂开会时，一个记者拦住了她。她正纳闷是怎么回事时，记者悄悄说："你摸摸你的裤子。"张桂梅一摸："哎呀，出糗了，裤子上破了俩洞。"她羞得满脸通红。

这是张桂梅平时最爱穿的牛仔裤，因为耐磨，自己平时家访走累了，经常席地而坐，裤子不知啥时磨破了。参加这么高规格的大会，真是出糗了。张桂梅只好故作镇定，对记者说："马上要开会了，你看现在去换也来不及了，下次会议再也不这样了。"

"当时我恨不得找个地缝钻进去，可是回宾馆换又来不及了。那个记者让我走在前面，她在后面给我挡着，我也把包放在背后挡着。"张桂梅说。

敏锐的记者意识到这位代表身上一定有非同寻常的故事，那天散会后，就约张桂梅见面采访。

见到记者出现在住所，她才知道，这个记者是新华社的。两人从傍晚一直聊到深夜，都哭得稀里哗啦的。

张桂梅仿佛遇到了知音，她把自己在边疆贫困地区的所见所想全部告诉了女记者。"我把想建一所免费女高的梦想告诉她，她很吃惊。她哭着听完我的讲述，对我深深鞠躬。当时，我们都哭了。"张桂梅回忆道。

▲《桂梅老师》剧照

"我是党代表，就要代表人民发出声音，这是我的荣誉，更是我的责任！我不说出这些话，对不起广大的父老乡亲和社会对我们的关心、关爱啊！"张桂梅坚定地说。

张桂梅没有想到，正是在党代会上的这次出糗，让她的梦想成为现实。

没多久，新华社一篇题为《"我有一个梦想"——访云南省丽江市华坪县民族中学教师张桂梅代表》的稿件播发。张桂梅和她的梦想马上传遍全国。从北京回来后，丽江市、华坪县分别给她100万元人民币，让她筹建女高。

找到 2007 年的《云南日报》，看到张桂梅的感言是这样的："当选党的十七大代表，我感到责任重大，这不仅是一种荣誉，更是一种责任。我将带着基层党员的重托，向党中央反映边疆地区教育的困难，呼吁全社会都来支持边远山区的教育发展。"

这么一段朴实的话，让我读来特别感动。我又想起桂梅老师说过的那句话："最美的胸花是党徽。"是她，倾尽心血，将最美的胸花擦得熠熠生辉。

2008 年 9 月 1 日，在省、市、县各级党委政府的共同努力和社会各界的关心支持下，华坪女子高级中学正式成立了。

终于等到了这一天，张桂梅热泪盈眶。县委书记、县长都出席了开学典礼，张桂梅用笔匆匆写下的开学致辞，都是感恩的话。致辞结束，她回到座位上，才发现自己早已泪水涟涟，整个脸上荡漾着激动而幸福的水花。

一晃十多年过去了，如今的女高早已实现了凤凰涅槃。2022 年 6 月，高考落下帷幕，云南丽江华坪女子高级中学 65 岁的校长张桂梅，又顺利送走了一届毕业生。

2022 年高考成绩放榜，华坪女子高中再创佳绩：159 名学生达到当地本科线，其中，达到一本分数线的孩子有 70 人，还有 17 名学生取得 600 分以上的好成绩，文科最高分 621 分，理科最高分 651 分。

重温入党誓词

　　2008 年，华坪女高建立起来后，面临诸多困难，生源不足，留不住教师……那段时间张桂梅的压力非常大，最终依靠重温入党誓词稳住了人心。

　　经过千辛万苦，云南丽江华坪女子高级中学终于建起来了，紧接着就面临生源的问题。

　　第一届女高招生只有两个要求：第一是只招贫困女生；第二是只要想继续读书，入学成绩不做硬性要求。女高按照普高线降了100多分录取，并且让学生免费就读。

　　这个消息就像长了翅膀，飞过重重大山，传遍了华坪、永胜、宁蒗等县，贫困家庭的孩子们纷纷奔走相告。

　　当年，进入学校的女孩子的成绩一半以上都没有达到分数线。

众人拾柴火焰高。那些因为贫穷而付不起学费的孩子，从此有了教室和课本；那些原本要辍学打工的孩子，有了奋战高考的机会。这个机会在大多数人看来是那么普通，但对于她们来说却弥足珍贵。每一个走出大山的孩子，都将改变一个家庭的命运。

然而，"山上是石头，山坡是洼地和一片树林，只有一栋教学楼孤零零地矗立在山坡上，除此之外，什么也没有。"这是当地老百姓对女高初建时候的印象。

没有宿舍，没有食堂，没有厕所，更没有围墙。除了教学楼前面的旗杆周围有几平方米的硬化地外，校园的其他地方都是泥泞不堪的土路。

物质条件极度匮乏，这恐怕是全国的高中学校里，条件最差的一所了。

时任华坪女高办公室主任马海说，刚建校那会儿，女老师在一间教室住，男老师就睡在楼梯间用砖头和木板搭起的简易床铺上。

华坪的夏天炎热，整栋教学楼又闷又热，蚊子嗡嗡地可以闹一整晚。学校几十米外就是狮子山，荒郊野岭的，半夜各种动物的叫声此起彼伏。

学校没有围墙，住的又都是女孩子，老师们不仅要为教学操心，还要为这些孩子的安全操心。女生如果半夜要上厕所，都要由一个女老师和一个男老师陪同护送着。

当时，在所有人看来，这就像天方夜谭。

很多老师劝张桂梅说："校长，我们尽力就好了。"张桂梅却立马黑了脸说："不行，党和人民把孩子交给了我们，我们就要对她们负责，如果让她们只是混个高中毕业证，办女高就失去了意义。"

"可这女高怎样办下去啊！"那段时间，张桂梅的压力非常大，常常在梦中醒来，呆呆地坐在木板床上想，"自己到底做错了什么？哪个环节出了问题？未来的路究竟怎样走？"

这个在当时"不可能完成"的任务，让不少老师打了退堂鼓。女高创办才半年，17名老师中就有9名辞职，学生也有6名退学了，教学工作一度面临瘫痪。

眼看着学校就要办不下去了，县里计划将学生分流到其他高中继续就读，心灰意冷的张桂梅整理资料准备交接。

困难大大超出了想象，学校正在一步步朝着一个看不见的深渊滑下去，张桂梅却毫无办法。

更让她焦虑的是，如果学校真办不下去了，她要为招来的老师和学生们谋一条出路，绝不能让这些孩子三年后考不上大学又回到大山。

而真正要把这些降分录取的学生个个都送进大学，这和登天没什么两样。

▲《桂梅老师》剧照

那天晚上，一筹莫展的张桂梅突然打起了精神。当她看到留下的 8 位老师的人事档案时，突然惊喜地发现，8 人中有 6 名是共产党员。

于是，张桂梅就在学校二楼墙壁上画了一面党旗，把入党誓词写在旁边。她说："我们有 6 名党员，如果在抗日战争年代，阵地上就算只剩一名党员，这个阵地就不会丢。"

她带着老师们重温入党誓词，张桂梅读一句，老师们读一句。当读到"为共产主义奋斗终身"时，张桂梅哭了，身后的老师们也是哭声一片。

这一幕也是我们话剧《桂梅老师》里的一个片段，每每到这个环节，台下的观众也大多是泪流满面。

这样的宣誓仪式是女高成立以来一直延续下来的，我们剧组早已在宣誓中受到了熏陶和感染。

那一天，《桂梅老师》剧组又来到华坪，赶巧的是，那天正好是星期一，全体演职人员一起参加了华坪女高每周一次的宣誓仪式。

我们到达学校后，桂梅老师拿着小喇叭，早早地就来到操场等着学生们下课。

不一会儿，下课铃声响了，只见一群群穿着红色校服、黑色裤子的女孩，浩浩荡荡地从教学楼那边奔跑过来。

不到一分钟，在女高党性教育墙前，全体学生肃立在红色的塑胶跑道上。全体党员教师整齐列队，昂首挺胸，在桂梅老师的带领下，举起右手，面对鲜红的党旗一起重温入党誓词。

后来的每次演出，一到宣誓的这场戏，我的心里就浮现出这个画面。

我们和女高师生一起诵读毛泽东诗词《七律·长征》，合唱《没有共产党就没有新中国》，铿锵洪亮的声音响彻校园上空。

随后，我们又观看了女高教师演唱《我为共产主义把青春贡献》，女高学生重温入团誓词，合唱《共青团之歌》，朗诵《我是女高人》，向奋斗在一线的共产党员献歌《不忘初心》。

在女高师生嘹亮的歌声里，全体党员干部用心感受女高红色文化。大家纷纷表示，此次活动意义非同寻常，深刻体会到了共产党人艰苦卓绝的奋斗精神和坚贞不渝的共产主义信仰。

我印象最深的就是在一系列红色文艺节目之后，所有学生突然整齐地向左转，向我们在场的党员们，齐声合唱《不忘初心》。

"向奋斗在一线的党员同志和社会主义建设者们敬礼！"唱完歌曲，孩子们齐刷刷地向我们行礼。

这是我第一次流着热泪经历的一次党性洗礼，这一幕，感动了在场的每一个人。

我们面向学生，学生也面向我们，那一刻，我感觉有一股爱的力量在升华。这是一场"红色接力"的党性教育，这样的传承与接力，就是桂梅老师一直秉持的良性循环。

我们看到了希望，孩子们看到了将来。

不仅是校园内的感染与接力，听华坪女高的老师们说，校园外的老百姓，听到学校里唱起的红歌，很多人也情不自禁地跟着音乐唱起来。一道道红色风景线，展现在华坪大地上。

"到了实地和桂梅老师亲切接触以后，她的崇高理想和高尚的人格魅力，对我教育很深。今天参加了这次活动，看到了整个女高的精神面貌，真的是很激动，感触很深，也深深激励了我。我将努力工作，认真把自己的本职工作做好，做一名合格的共产党员。"云南省话剧院副书记、副院长任兵同志一个劲地感慨道。

"我们一直在做关于桂梅老师的话剧，这一次是我们剧组第二批演员来到华坪，我们会不断地向桂梅老师学习，争取把桂梅老师的故事讲得更好，讲到更多的地方，讲给更多的观众听。"常浩导演也说道。

"看着她们的眼睛，听着她们的歌声，我心里想到的是：自己当初为什么要加入共产党？作为党员，我合格吗？我将怎样做，才能诠释共产党员为人民服务的誓言……"演员章超和桂梅老师交流着感受。

桂梅老师说："我们每周都要重温一次入党誓词，就是让大家不要忘记入党时的初心，从誓词中汲取奋斗的力量。"

四月的华坪，已是骄阳似火，张桂梅坚持和大家一起参加党性教育活动。虽然身上的衣服早已被汗水湿透，但她仍然时不时拿起随身携带的小喇叭现场指挥。

党员佩戴党员徽章上班，每周重温一次入党誓词，合唱一支革命歌曲，观看一部红色影片……这些都是女高党员教师每周的必修课。

桂梅老师向我们介绍，通过红色思政教育、红色文化和党性教育活动的开展，可以让大家牢记党员身份，以党建统领教学、以革命传统立校、以红色文化育人，引导学生们感党恩、听党话、跟党走，做党的好女儿。

"在学生心中深埋一颗颗红色的种子，帮她们系好人生第一粒扣子，引着她们做共产主义事业的接班人。学生们远方有灯、脚下有路、眼前有光，在山沟沟里也能看到外面精彩的世界，看到美好的未来。"桂梅老师自信、坚定的目光，也给我们文艺工作者带来了奋进的力量。

阳光斜射，巍巍狮子山上被镶上一道金边，山下的校园，呈现一片金黄。飞鸟掠过蓝天，白云之下，清风徐徐，给初夏的校园带来一丝清凉。

"……我是女高人，我在狮子山下卧薪尝胆，砥砺心志，炼出了创造天堂的力量；我是女高人，我要上清华揽月，进北大摘星！"这句铿锵的话语依然在回响，这是女高的誓词，这是女高的阳光和大海。

长大后我就成了你

爱是一种伟大的教育，没有爱就没有教育。教师对学生无微不至的关爱，将无形感化并教育学生。学生体会到这样的感情才会"亲其师，信其道"。

周云丽是女高的第一届毕业生，她通过自己的努力走出大山、考上大学，大学毕业后，又回到了母校。

周云丽的家坐落于华坪县石龙坝乡的小山村里。她与姐姐出生在一个贫困家庭里。周云丽幼年时母亲因病去世，6 岁时父亲因病而右眼失明，父亲又患有严重的小儿麻痹症。在贫困的山村里，残疾的父亲、年迈的奶奶，还带着两个女娃过日子，可想而知他们家的生活是多么艰辛。全家人只能靠种地卖粮食换取生活费。

生活虽然贫困，但是周云丽的父亲从未亏待过这两个女儿。这些年他拖着残疾的身体到处打零工，就是为了供姐妹俩读书。他没有文化，连自己的名字都不会写，但他知道只有学习文化才能改变女儿们的命运，才能让女儿们不会像自己一样，永远走不出大山。

周云丽与张桂梅的缘分还得从 2008 年开始说起，那年周云丽和姐姐都以优异的成绩考上了当地的高中。但是还没高兴多久，现实就兜头泼了她们一盆冷水。没有学费，怎么上学？当时，周云丽的父亲把两个孩子拉扯大，又供她们上学，已经欠下好几万元的外债。他向亲戚、朋友、邻居都借过钱，已经山穷水尽了。

东拼西凑，家里最多只能供一个人上学，手心手背都是肉，选谁好呢？机会摆在面前，巨大的困难也摆在了眼前，望着家门口的重重大山，父亲难以抉择。

于是他四处借钱，但是根本凑不够两个人读书的学费。姐姐周云翠不想让父亲整天愁眉不展，便提出让妹妹一个人去读书的想法，而她去打工贴补家用。虽然自己也很想读书，但是为了妹妹她愿意做出这样的让步。

▲《桂梅老师》剧照

就在这时，一个消息让她们看到了希望：县里刚刚办了一所免费女子高中，里面全是贫困山区的女学生。姐妹俩开心坏了，这下她们两个都可以读书了。

父亲辗转找到了女高的校长，把女儿们的情况告诉了张桂梅。没过多久，周玉丽姐妹就收到了来自华坪女子高中的录取通知书。这一刻，两人悬着的心终于落地。

2008年9月1日开学之际，周云丽第一次见到张桂梅校长。张桂梅深情地拥抱了姐妹二人，并笑着告诉她们，以后这里就是她们的家了。

整整齐齐的被褥，干干净净的宿舍，贴着自己名字的床位，这一切都像做梦一样，让周云丽忍不住流下热泪。

同学们告诉周云丽，学校免除了所有的学杂费用，学生只需负担生活费用，特别贫困的学生，甚至连生活费都不用交。

这个好消息除了感动了周云丽姐妹，也让她们的父亲老泪纵横。他为了攒够姐妹俩的学费，东拼西凑，心里很明白两个高中生要花多少钱，而如今看着女儿们有这样免费的就学环境，他紧蹙了多天的眉头终于舒展开了。

周云丽说，她长这么大，第一次看到父亲落泪。残疾的父亲又当爹又当妈，又忙地里的农活又忙着打零工，还要照顾年迈的奶奶，生活再苦再难也没有见过父亲掉一滴泪。那天，父亲拉着素不相识的桂梅老师落泪了。

飘着熟悉油墨香味的新书发下来了。晚上躺下去，睡在社会各界爱心人士捐赠来的崭新被子里，姐妹俩热泪盈眶。她们轻轻抚摸着床上写着自己名字的小纸片，百感交集。

周云丽在学校的日子，每天都能够听到张桂梅校长讲革命故事，学唱革命歌曲。这些故事和歌曲在潜移默化中安慰了周云丽脆弱的心灵，她坎坷的童年在这里得到了补偿。

就是在那个时候，看着张桂梅校长奔波忙碌的身影，周云丽的心中有了想要当教师的念头。这个愿望她一直珍藏在心里，直到三年后，她以优异的成绩考上了云南师范大学。当她把录取通知书交到张桂梅手中时，张桂梅热泪盈眶，两个人的坚持都有了结果。

张桂梅握着她的手，语重心长地交代道："以后的路还长着呢，要记住在女高唱过的每一首歌，听过的每一个故事。"周云丽把这些话铭记于心，上了大学之后依旧努力学习，临近毕业时，周云丽考取了丽江市县城的教师编制，生活和事业也将步入正轨。

而就在这时，改变周云丽命运的事情发生了。她听同学们说华坪女子高中缺教师。她没有丝毫犹豫，毅然放弃了县城的编制，回到华坪女高担任教师一职，一年后才转正。

从此，华坪女高里又多了一名尽心尽力的女老师，周云丽在这里付出了她的全部心血，把自己的学妹们送出了一届又一届。如今，已经是学校骨干教师的周云丽，感慨自己长大了，而她们的张妈妈老了。

她想把这份责任继承下去，让更多的女孩走出大山。

虽然张桂梅说过，不想让出去的孩子再回到山里来，但是周云丽这个"不听话"的学生感动了很多人。铁饭碗虽然稳定，但是师生情更难能可贵。

她知道，如果没有华坪女高，如果没有桂梅老师，她将在大山深处埋葬自己的一生，没有人会知道她的故事，更没有人会知道她的名字。

张桂梅对我的影响

"桂梅老师，你来这里坐！"

要说张桂梅为什么能做到别人做不到的事情，答案其实很简单，那就是在她身上，彰显了共产党员的本色。

那一天，回到华坪，刚走到办公室门口，就见桂梅老师满脸笑容，坐在那长条木椅上。"桂梅老师，你来这里坐！"她招招手，让我去坐在她身边。

这一声突如其来的称呼，一下子让我有点不适应。

"桂梅老师，我想您了。我真是受宠若惊了，您可别这么称呼我，我们是来向您汇报工作的。"眼里带着泪花，我张开双臂向她走去。

我紧紧握着她贴满膏药的手，继而我俩又紧紧地拥抱在一起。

"你在哪里想我，我就在哪里，我就在你们身边。"办公室里传来大家热情爽朗的笑声。

"桂梅老师，您看，我们每到一处演出，都建了观众微信群，这些都是全国观众对您的敬仰与崇拜，您的故事早已深入人心了。"我拿出手机，划着屏幕给桂梅老师看。

没想到，桂梅老师说："女高和儿童福利院也不是我一个人撑起来的，老师们的事迹也很多，还有各级党委、政府和社会各界爱心人士的默默支持和奉献，所有人都是好样的。荣誉属于大家，只是我被推到了前面。"

有人说："谢谢火焰给你光明，但是不要忘了那执灯的人，他是坚韧地站在黑暗当中呢。"

桂梅老师就是那个给山区教育带来光明的人。正是凭着对教育事业的热爱，她才能在这条崎岖的理想之路上忍辱负重，扛住苦难的折磨，冲破迷茫的阴霾。

她用自己的信念和羸弱身躯，扛起了无数个家庭改变命运的梦想。这么多年来，各种疾病常常纠缠着她，名和利什么的，她根本不在乎。

有一次，桂梅老师和我一起聊天时，她埋怨我："红梅啊，你让人带这么多瓶瓶罐罐的护肤品给我干什么？又破费，怎么擦、怎么用我都不知道。"

那一次，我由于工作原因不能去华坪看望桂梅老师，就买了一些护肤品请过去的同事带给她。

"红梅，你还让我破费了。"桂梅老师笑着对大家说，严厉的语气里透着几分温柔。

"你送我的衣服、手表、护肤品我都收到了，可是我根本用不到这些东西啊！这不，你送我的衣服，我送给了一位老师，手表、护肤品我也送了。但送东西那天，还有个孩子在旁边看着，可我手上没什么可以送的了，我又拿出一点钱递给那个孩子，让她买点爱吃的东西，补补身体。"

同样作为女人，我只是想让她多多爱护一下自己的身体，多多保养。可这些年送给她的很多东西，她一样也没留着，又一一转送给了他人。

她每天生活得那么节俭、简朴，根本没有时间爱自己。她所有的时间和精力都在孩子们身上，都在教育事业上。

她把各种奖状、奖杯、荣誉证书，都捐给华坪县档案馆；她的吃住也很简单，却把奖金、工资用在了学校和孩子们身上；她把生死看得很淡，多次向华坪县领导提出："如果自己突然走了，葬礼就不办了，骨灰直接撒到金沙江，能不能提前把丧葬费预支给我，我想把这笔钱用在孩子们身上！"

她是一个除了教育事业以外，对其他要求都简单得不能再简单的人。

面对别人的质疑，她有一段令人肃然起敬的独白："有人说我爱岗敬业，有人说我疯了，也有人说我为了荣誉，也有人不理解。一个人浑身有病却不死，比正常人还苦得起，男老师被我拖垮，女老师累得哭，两个单位来回跑，我没倒下。有种精神支撑着我，说到底是共产党员的初心和使命，让我直面这片热土时，心里不愧。"

要说桂梅老师为什么能做到别人做不到的事情，答案其实很简单，那就是在她身上，彰显了共产党员的本色。

"红梅，你扮上我去接受记者采访吧！"

桂梅老师如何看待《桂梅老师》，作为舞台上的塑造者，我的心理压力是巨大的。我知道，要想塑造好桂梅老师，就得对角色有专情，有付出。而这样的专情和付出，在我的艺术生涯上从来不敢懈怠。

再回华坪，我和桂梅老师聊了很多。

谈起《桂梅老师》这部话剧，她并没有正面说太多夸赞的话。那天我跟她说，话剧《桂梅老师》受到全国很多观众的喜爱，而且在角逐中国文化艺术政府奖——文华大奖。她肯定了我们的做法，反复强调不要过多地宣传她。

"我很感恩大家的关心支持，我做的事也微不足道，只要你愿意，每个人都能做到。"这是与她交流中，她说得最多的一句话。

"红梅，以后，你扮上我去接受记者采访吧！"这是桂梅老师的一句笑言，但对我来说，却是莫大的认可和鼓励。

桂梅老师认可我在舞台上对人物形象的塑造，这无疑更加坚定了我的信心。

桂梅老师如何看待《桂梅老师》，作为舞台上的塑造者，我的心理压力是巨大的。我知道，要想塑造好桂梅老师，就得对角色有专情，有付出。而这样的专情和付出，在我的艺术生涯上从来不敢懈怠。

2004 年，正在桂梅老师为创办女高而苦苦坚守时，同一时间段的云南省话剧院，也面临着巨大的困境。

当时，剧团正在创作话剧《打工棚》，我在《打工棚》里饰演范金花。在昆明的一场演出中，我刚要出场，却不小心摔了一跤。当时，只觉得左手疼得不能动弹，导演立刻叫停。

"我要坚持，台下还有那么多观众，我有责任把我的任务圆满完成。"我强忍住剧痛完成了两个小时的演出，疼得直流汗，全身衣服都湿透了。

一个演员最大的幸福就是获得观众的认可和掌声。演出结束后，全场观众集体起立，报以雷鸣般的掌声，并夹道相送。

众人赶紧把我送到医院检查。一拍片子才知道，我的左手小臂骨折了。

我的手还没痊愈，就接到了《打工棚》这部话剧入选第七届中国艺术节的好消息。

《打工棚》代表云南参加第七届中国艺术节竞演，在杭州完成首演后，有一天，我和同事走在大街上，被一位在杭州打工的观众认出，他不停地向我们表达前晚首演没能表达的敬意。

当天晚上，演出谢幕时，台下一位观众站在那里，目光中依然那么激动。这是街上"偶遇"的那位观众第二次向《打工棚》的所有演职人员表达他心中的感动。全场观众一边鼓掌，一边欢呼。

后来知道，那位热心观众是浙江某实业有限公司的普通员工。那一晚，他专程买了书签等一些具有杭州特色的工艺品和介绍杭州的画册、明信片、DVD送给我们。

"话剧能演到这样的效果，受到观众的欢呼和追捧是很少见的，我想以这样的方式表达一名普通观众的谢意，对这样一部精彩感人的现实主义题材创作表示支持。"那一晚，他和我们说了很多很多心里话。

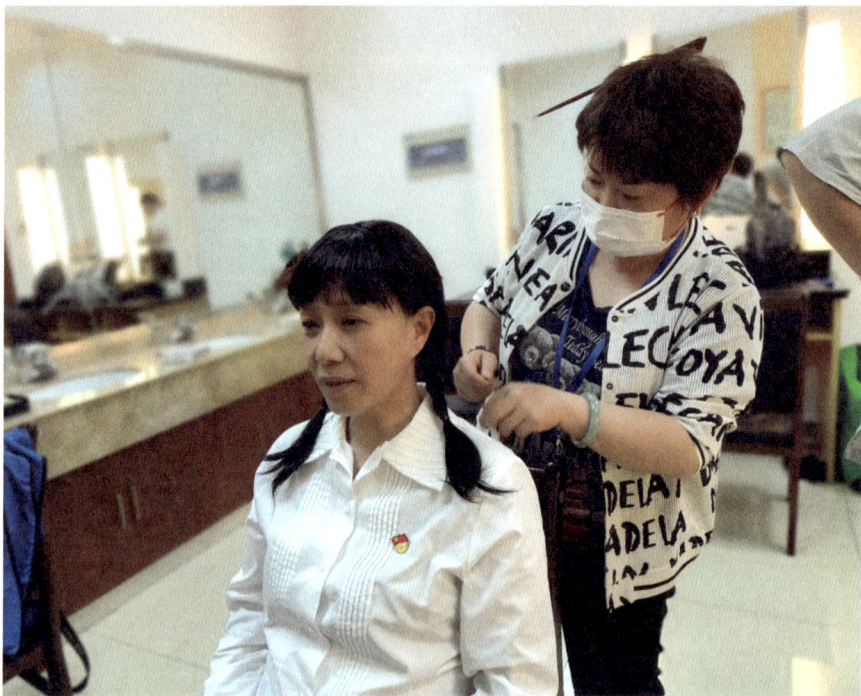

▲《桂梅老师》幕后

功夫不负有心人，话剧《打工棚》获当年文华奖。

凡心所向，素履以往，生如逆旅，一苇以航。

我的成长，离不开老师和长辈的教授与关怀。我取得的进步，同样也离不开观众们的热情支持和关心爱护。与时代同脉搏、与人民心连心，作为新时代的文艺工作者，宣扬主旋律、传播正能量是一个演员的责任和使命。

对于话剧《桂梅老师》，我更是十年磨一剑，全力以赴。为了这个梦想，我坚持了 13 年。

这十多年来，桂梅老师在追寻梦想的道路上负重前行，再大的压力和困难都没有压垮她，她的刚毅与坚强、坚韧与坚守一直深深地影响着我。

为了演好"桂梅老师"这个角色，我全神贯注，全身心地投入，不但要演绎好角色的外形，还要进入角色的心灵。我要求化妆师不能给我画眼影、贴假睫毛，连唇膏、口红等化妆品都不允许用在我身上，整个人物塑造就是要还原人物本身。

以敬畏之心对待艺术创作，以赤诚之心对待各专业的合作，下真功夫，凭真本事，专情于塑造的角色。

创作靠心血，表演靠实力，形象靠塑造，名声靠德艺，用心用情地塑造好人物形象，也是我对话剧表演艺术的毕生追求。

每一次演出都是一场战斗

> 我活了大半辈子，有一半时间是在舞台上度过的。对我来说，真正的困难不是演戏，而是怎么样才能演好、演真。如果是别的表演也就罢了，那可是桂梅老师……

巡演来得很快，突然之间，时间便悄然步入了7月。

2022年6月30日，在云南省文化和旅游厅、云南省文联和云南保利剧院管理有限公司的支持下，《桂梅老师》剧组再次踏上新征程，在江苏省南通市海门区海门大剧院连演两场，正式开启首轮全国巡演的序幕。

根据剧组的工作计划，我们将走遍全国10座城市，进行11场演出，带着桂梅老师的故事走向大江南北。

对于广大观众来说，张桂梅的故事早已耳熟能详，从风雨中走来的张校长和她一手打造的华坪女高早已成为当代的传奇。所以我们此行的任务，既是展现这部凝聚了创作者心血的文艺作品，更是身负重任，用舞台的形式让更多人看到桂梅老师的大爱。

巡演开始之前，我时常因肩上的重担而辗转难眠。漫漫长夜中，与桂梅老师相处的日夜多次浮现在我的眼前。

也时时会想起伫立在群山之中的华坪女高、学校里奋笔疾书的莘莘学子，还有桂梅老师清瘦却坚定的背影。

"你给自己的压力太大了。"

又一个失眠的夜晚，电话那头，爱人如此安慰我。

"将桂梅老师的故事带给更多人，这是一件光荣的事。"

我将手放在面前的书桌上，桌上是被我翻得卷了边的剧本。里面的每一句话我几乎都烂熟于心，但此时此刻，纷乱的思绪却让我的脑海变得空荡荡。

"怎么能不紧张呢？"我叹了一口气，百转千回的忧虑加剧了我的不安。

"你知道我的性格，我活了大半辈子，有一半时间是在舞台上度过的。对我来说真正的困难不是演戏，而是怎么样才能演好、演真。如果是别的表演也就罢了，那可是桂梅老师……"

"红梅，你的心思我们都知道，我想，桂梅老师也会知道。"

"所以我才更加不安啊！"我语带哭腔地说道。

又翻开手边的剧本，字里行间都是我之前记下的密密麻麻的标记。

我又想起那一盏盏载满聚光的舞台，想起那些错落有致的熟悉布景，想起台下观众们热泪盈眶的雷鸣般掌声，想起每一次演出开场前，从后台侧面偶然瞥到的人们眼中的期待。

他们的称赞无疑是对作为文艺工作者的我们最大的鼓励，但我也清楚地知道，他们是在这短短的几个小时里，通过剧院里光与影的交汇，去看清千万里外那位坚守阵地的英雄的一角，是在台上与台下的交互中，无声地诉说对桂梅老师的感谢。

"不用担心，红梅，你已经为了这场戏磨砺了成百上千次，连桂梅老师都认可了你，你还有什么可犹豫的呢？正如你之前所做的那样，忘记自己的身份吧，我相信观众一定会看到你想诉说的一切的。"爱人的关心，在此刻成了一颗定心丸。吃下定心丸，我不再焦虑了。

丈夫的安慰最终还是起到了作用，我又凝神思考了几秒，想了想桂梅老师对我说过的话，心中的焦躁总算得到了些许平复。

"你说得对，如果我此时临阵脱逃，不仅是对我自己的不尊重，更是对观众和桂梅老师的不尊重，还有和我一起奋斗的同事们。这是我们共同的战斗，我不能因为自己而让他们失望。"

谈过这些之后，最初的信心似乎又重新生长出来了。

我再度确认了行程，用最快的速度收拾好出门的行李。封箱时，我想了想，又将卷边泛黄的剧本从行李箱里拿出来，决定放在背包里随身携带。

年少学艺的时候老

▲ 2022 年 7 月，全国巡演期间在侧幕台戴话筒准备上台演出

师就告诉我们，对演员来说，每一次演出就是一场战斗。你永远不知道舞台上会发生什么，也不知道台下的观众会看到什么。所以对演员来说，最重要的事情就是做好自己，演好角色，让自己成为灯下的剧中人。

在云南省艺术学校话剧科学习表演时，老师看我是一棵好苗子，打算好好培养我。学校排演小话剧，别的女孩子都分配到与自己年龄相符合的角色，穿着漂亮的衣服站在台上，而我，不是扮演沿街乞讨的老妈子，就是扮演年过六旬的老太太，抑或是扮演孩子的妈妈，穿着简朴的服装，佝偻着身体配合主角演戏。那时，我正值青春年少，十六七岁，正是爱美的时节，对此，我难免心有委屈。

"演员有大小，角色无大小。"老师的这句话，我至今铭记着。

为了演好这些配角，老师给我布置了作业。我一有空，就到街上体验生活，观察熙熙攘攘的人群：热情的售货员、步履匆匆的上班族、医院门口为钱发愁的病患、放学归来的孩子，甚至是菜市场里争吵的妇女。她们的语言、动作、神态、衣着、外貌等，都是我观察和模仿的对象。

一次，在天桥上，我在一个乞讨者斜对面坐了两个多小时，静静地观察他。他腿上有残疾，就这样半靠着铁栏杆趴在那里，当几个硬币叮叮当当敲响那个搪瓷碗时，他想站直身子起来说声谢谢，可最终因体弱，坐不起来。

"谢谢好心人，谢谢好心人。"他双手合十，作揖感谢的声音，一直持续了好几分钟。

"红梅，你要记住，磨炼，是一个演员成长的必经之路。一个好演员，就是要'砸碎'自己，放空原本的自己，把舞台当作自己的人生，把角色注入自己的灵魂，演真人真事，观众才能感受到真人真事。"从艺

40 多年来，表演课老师的话我不敢忘记。

磨炼，就如同风雪中的梅，愈冷愈开花。只有保持一颗坚如磐石的心，凝聚坚定的眼神和永不放弃的信念，哪怕寒风如刀割，哪怕烈日如炭火，也要不畏困难，演完人生的舞台剧。

无疑，饰演桂梅老师，是我人生中一次重要的磨炼。

从南到北，自西向东

热烈的反响彻底驱散了我先前的焦虑。观众散去之后，望着空荡荡的舞台，我默默地想，《桂梅老师》终于得到大家的认可了。

紧锣密鼓的巡演安排令人产生时间错乱的错觉。

从一座城市到另一座城市，从一个剧场到另一个剧场，我们时常连这一场的衣食住行都还没完全适应，下一场的演出又迅速开幕了。

连轴转的工作中，同组的年轻人见缝插针地向我们几位忙得脚不沾地的演员传达观众们在网上的评论。

感动和称赞如纸片般从剧场的每个角落飞来。卸妆的时候，我听着大家在后台激动地分享关于某场演出的故事，身体虽然疲惫，心中却涌出一股暖流。

7 月的东南地区，酷暑难耐，有的城市温度甚至超过了 40 摄氏度。每一场演出结束后，大家无一例外地汗流浃背。

在这样的暑热里，剧组人员和观众们的热情还是令我万分感动。

舞台上的表演者总是看不清台下观众的面貌，过强的灯光阻碍了视线，台下的漆黑又隔绝了空间，但舞台上的人在长年累月的洗礼下，总能从表演中、现场的氛围中感知到人们的情绪。

沉浸于表演中时，我仿佛一次又一次回到华坪的山中，眼前和我搭戏的年轻演员仿佛真的是女高里奋笔疾书的孩子，亮晶晶的眼睛里，满是对走出大山的渴望。

但当剧场的光芒落到我的身上，我好像又从那片光中看到台下的无数观众。他们是如此不同，各行各业、各城各地、各式各样，如果不是这场话剧，我们和他们或许永远也没有相会的理由。

他们又是如此相同，这一天，这一刻，他们因为同一个"教科书里的人"相遇在同一个剧场，共享了这份特别的时光。

在宣威的那场演出谢幕的时候，我站在舞台最前端，看到台下所有的观众都统一着正装，白色的衬衣搭黑色的裤子，胸前都佩戴着一枚闪闪发光的党徽。那一刻，我忽然百感交集，刚忍住的泪水险些又要夺眶而出。

我不知道他们的名字，也不知道他们的职业，但在那个时候，他们是不是也从桂梅老师的故事中，看到了无数投身于理想的孤勇者，在这个故事里看到了世界上的另一个自己呢？

"李老师，我们先走了！"

负责布置的同事们收好最后一箱器材，临走前从后台出口向我挥了挥手。我回以他们同样的告别，喧嚷的剧场似乎又安静了几分。

▲ 2022 年 8 月，石家庄，话剧《桂梅老师》角逐第十七届文华大奖

热烈的反响彻底驱散了我先前的焦虑。观众散去之后，望着空荡荡的舞台，我默默地想，《桂梅老师》终于得到大家的认可了。

但这一次，涌上我心头的不是欣喜若狂的激情，也不是意犹未尽的感动，而是一种前所未有的平静。

我想起桂梅老师曾说过的话："如果说我有追求，那就是边疆民族贫困地区的教育事业；如果说我有企盼，那就是我的学生和孩子；如果说我有动力，那就是党和人民！"桂梅老师本人，以及演绎桂梅老师的经历给了我很大的影响，让我心怀感恩，更懂得付出。

在舞台上，我不是简单模仿桂梅老师，而是让自己的精神向桂梅老师靠拢，竭尽全力打磨自己、完善自己，把对文艺事业的挚爱奉献给舞台，把经典留给观众。我也希望把桂梅老师的故事讲给更多的人听，向社会传递正能量。

这趟旅途的终点还有很远很远，但每一个脚步落下，我都知道自己走得脚踏实地。

排练室里的挥汗如雨、旅程中的风餐露宿、反复对戏的心急火燎，从最初的茫然若失，到现在的尘埃落定，我们的戏留在了舞台上，桂梅老师的身影也留在了观众心中。我再一次明白了剧场演出的独一无二，也隐隐理解了桂梅老师理想的熠熠生辉。

一段记忆深处的话忽然在此刻涌入我的脑海："器识为先，文艺其从；立德立言，无问西东。"这是百余年前的清华校歌，也是在人生的某些时刻无声地激励着我的言语。

我一路走来见过了太多的人，我的一生大多时间都活在戏中。现实也好，戏剧也罢，故事中的人们匆匆来去，似乎总有所求、有所依，仿佛所行之事总为某种目的而来。

但这一次，万千观众相会于小小的剧场，不为其他多余的理由，只为桂梅老师这一人而来。

我有幸扮演了桂梅老师，成为一个短暂的代言者，但在此之前我好像从未想过，桂梅老师究竟为何而来。

"《桂梅老师》，剧场见。"离开剧场时有观众远远地向我打招呼。我向他们深深地鞠了一躬，感谢他们今晚的到来。起身时又想到，这场话剧受到观众如此的喜爱，我应该向桂梅老师报个喜。

电话号码即将拨出的时候，我想起桂梅老师早出晚归的生活，想起她鞠躬尽瘁的操劳，又将手从拨号框里退了出来，心想："还是不要在没必要的时候打扰她。"

从南到北，自西向东，人们带着爱与感谢相逢在剧场，相会在不同的城市。我也应该将这份来自五湖四海的爱意记下，亲自回到华坪，回到她的"剧场"，亲口对她说出大家的心意。

于是这一刻，我也在心里暗自对她许下一个坚定的承诺：我要一如既往，用文艺的形式把桂梅老师的故事讲给更多的人听，愿《桂梅老师》与观众的对话一直延续……

巍峨的狮子山下，雨水冲刷过的校园，空气格外清新。一阵太阳雨过后，绚丽的彩虹挂在天空。

"青青园中葵，朝露待日晞。阳春布德泽，万物生光辉……少壮不努力，老大徒伤悲。"

耳畔又传来华坪女子高中琅琅的读书声，桂梅老师手拿扩音喇叭，在教学楼里又开始了新一轮的巡视。年复一年，日复一日，校园的那片火红，一直延续着；大山里的希望，一直延续着。

附录一：专家点评

昆明研讨会专家点评

蔺永钧（中国话剧协会主席）

《桂梅老师》的题材具有唯一性，具有独特性，王宝社导演独特的艺术把握和艺术高度，决定了这出戏在"独特"的基础上，将成为全国数得着的一出好戏。

吴卫民（云南省戏剧家协会主席）

这个戏写得非常成功，把一个光环满天的英模人物还原为一个普通人。虽然桂梅老师身患多种疾病，但她身上蕴藏着巨大的力量。导演用了否定之否定的方法，循环论证、反复否定，让这部戏更容易被观众接受。

赵妍（中国舞台美术学会编辑部总编）

《桂梅老师》展现了英模人物舞台的形象化和艺术化，通过主创团队的提炼让这部话剧有了很高级的现代质感。回望来时路，都是以宣讲者的形式出现，利用宣讲歌队完成场与场的切换，构建了这部戏独特的生活体验。

吴晓江（国家一级导演）

在叙事方面，把较为复杂的人物、情节在唯一空间、固定的时间表现出来，结构非常好，很有优势。

罗仕祥（国家一级编剧）

这部戏比我想象的还好，超出我的预料，为整个演出点赞。坐在我前排的是华坪县女干部，她们一直在擦泪，我也在哭，我觉得很好。总之一句话，好剧、点赞、精彩。

武汉研讨会专家点评

汪人元（江苏省戏剧家协会名誉主席）

《桂梅老师》是一台关于英模人物、真人真事的优秀作品，极具感染力。通过对题材长时间的酝酿、体验和思考，用非常规的戏剧方式演出了最美的灵魂。所以，这出戏能够让人在心底里流泪的同时被触动、被启迪，能引发我们思考，是沐浴灵魂和锻造精神的一出好戏。

姚金成（剧作家）

我们对英雄人物容易神化，但是"张桂梅"以自己本真的个性对这些东西不断地加以反驳，这样的表现手法值得关注。

姜志涛（《中国戏剧》杂志社原主编）

不人为煽情，但观众热泪长流；不刻意拔高，但是桂梅老师的形象在观众心目中逐渐丰满高大。这个戏再次证明，生活是创作的源泉。

刘晓翠（中国国家话剧院一级演员）

一开场，桂梅老师的扮演者就抓住了桂梅老师的形象，形神兼备，迅速让观众入戏。

罗怀臻（中国剧协顾问、中国评协顾问）

对桂梅老师扮演者李红梅肃然起敬，她是剧协秘书长，多年不上台，重返舞台之后她带动了表演，让人敬佩。

武丹丹（《剧本》编辑部副主编）

《桂梅老师》很有特点，它发现了英模人物独特的开掘视角。这部作品要永远留下来，是要记录时代的，这才是它的价值。你们做的工作不仅是宣传，更是为张桂梅在艺术史上留下了真正属于她的艺术雕像。

孙豹隐（原陕西省文化厅副厅长）

整体不错，用很好的一种形式去写英模人物，很有特色，整部戏达到了一定的高度。

刘彦君（中国艺术研究院话剧研究所原所长）

《桂梅老师》整个艺术呈现很独特，让人耳目一新。

北京研讨会专家点评

欧阳逸冰（中国儿童艺术剧院原院长）

本剧在艺术上的最大成就是用具有特殊美学价值的辩证艺术思维来歌颂主人公张桂梅。本剧架构思维方式的独特，在于反中求正，体现在两个方面：

一是歌颂者与被歌颂者之间的。一开始，宣讲团宣讲桂梅老师的英雄业绩，而被歌颂者听到歌颂者的每一句话都否定，特别是大爱无疆这种高度的赞美。张桂梅不同意的不是大爱无疆本身，而是如此歌颂一个人。

一个真正有尊严的人，会把赞扬的每一个字都进行反思，这就是张桂梅之所以是张桂梅的原因。而全剧的架构就是根据张桂梅的性格特征，把她灵魂深处最闪光的东西展现了出来，这是非常了不起的地方。

二是张桂梅和反对者之间的。对张桂梅的反对，从张桂梅反对者身上我们看到了张桂梅的伟大。比如张桂梅拿着自己的各种荣誉证书不是来宣扬自己，而是在广场上募捐，用来证明"我不是骗子，我真的要建立女子高中"。没有想到的是，这些证书恰恰被某一些见惯了坑蒙拐骗的人，或自己本身也经常坑蒙拐骗的人，把她"变"成了坑蒙拐骗的人。

用自己生命换来的证书，被扔在地上，等于是对张桂梅最大的侮辱。面对侮辱，即便是英雄，她也会泪流满面。但是，尽管她泪流满面，却仍然抱起了自己的证书，因为这是她的生命和灵魂。被人践踏了，她把它拾起来，抱在怀里，维护自己的尊严，正是这反中求正，使得本剧具有很鲜明的艺术特性。

所以我说，无论是在思想价值上，还是在艺术价值上，话剧《桂梅老师》都值得我们认真研究，都值得我们赞美，都值得我们思考。

汪守德（总政宣传部艺术局原局长）

这部话剧制作非常精良。编剧从400多个故事里面精选了这16个故事，这个积累是很惊人的，花了大量的心血。在描写人心上，包括对张桂梅形象的塑造上，都下了很大的功夫，这在戏剧方面是很难得的。

宋官林（国家艺术基金理事、中国演出行业协会副会长、国家京剧院原院长）

这是新时代中国话剧舞台上值得关注的一个作品，也可以说是一部精品力作。

它采用了文学修辞当中夹叙夹议的方式，切入了跳进跳出、虚实相生的方式，几个演员，一个人演多个角色，完整地表现了张桂梅老师波澜壮阔的故事，是一部思想精深、艺术精湛、非常经典的一个作品。

刘玉琴（《人民日报》文艺部原主任）

这个戏作为一种人物题材的创意性呈现应该是可以长留在舞台上的。

刘平（中国社会科学院文学研究所研究员）

看了几次剧本，只看了两三次戏，每一次看都很激动，我觉得这个戏写得好，演得也好。

这部话剧是对目前英模戏剧创作的一个超越、一次创新。我们英模戏剧创作，最需要避免的就是同质化、概念化和口号化，《桂梅老师》把这个问题解决了。把英模人物写成一个普通的、可亲近的、可信的人，能够这么接地气，每一个举动、每一个行为，即使没有那个经历也能让你相信，我觉得这是这个戏最大的成功之处。

黎继德（中国戏曲学会会长、《剧本》杂志原主编）

我已经在首都剧场看过一次，那一晚看得我眼泪直流。昨天晚上看，仍然是热泪盈眶。

这个戏有很多点，确实刻画了一个深刻的、生动的、真实的、准确的、全面的、朴素的、自然的张桂梅这样一个"时代楷模"。

李红梅的表演真正做到了形神兼备。张桂梅老师本人看了她的戏之后，说有98%的相似，她把张桂梅老师的神和形，更重要的是思想、情感、心理都展现了出来，她是真正的话剧表演艺术家。

赵忱（《中国文化报》副主编）

演员演得很好。看李红梅老师在台上的表演，我们觉得她就是张桂梅。小孩的表演很自然，一个演员饰演众多角色，转换得非常好。

宋宝珍（中国艺术研究院话剧研究所所长）

看了这个演出我特别感动。英模题材的戏在我们国家的话剧舞台上一直都有，艺术的表现方式有很多种，但是《桂梅老师》的确是有示范性的典范，它开启了一种新时代现实主义创作新方法论的模式。

在长达十几年的素材积累当中，王宝社反复提炼，还原了一个立体的、质朴的、有情怀的、有担当的、可歌可泣的、高山仰止的桂梅老师的感人至深的艺术形象。

总体上来看，这个戏品相很好，具有经典的潜质，希望能越做越好。

赓续华（中国戏曲学会常务副会长、《中国戏剧》杂志原主编）

这是一个讲真话的英模，我被感动了。真是本色，在真上才有善和美，如果我们没有了真，其他一点意义都没有。

另外，这个戏跟以前写的英模戏都不太一样。《桂梅老师》敢于"讲人话"，让我觉得这个人就在我们身边。而且，做教育最重要的是要有爱心。桂梅的爱不是那么温柔，但是发自内心的；她会用很强势的语言，但是要表达的却是一种最深沉的爱，这也是我非常喜欢这部话剧的一个原因。

还有，李红梅也是一个奇迹，演员和角色发生了一种灵魂的契合，她把这个角色演活了。

目前，这个戏已经达到了一个比较高的水平，已经到达"天花板"，我希望它能冲破"天花板"，走上更高的台阶。

附录二：观众感言

以前从媒体上了解过张桂梅的事迹，今天看了话剧《桂梅老师》，让我觉得话剧是最能体现演员功底的艺术表达形式，这部话剧无论思想性、艺术性都给我们带来很大震撼，从观众迟迟不离场可以看出演出非常成功。百年大计，教育为本；教育大计，教师为本。张桂梅为每一位教师树起了一面旗帜，她的感人事迹值得我们每一个教育人学习。但如何把感动转化为行动，这是最值得思考的。我们需要在教育实践中不断反思、不断学习、不断提高，让师范院校真正成为高素质教师培养的基地，努力办好人民满意的教育。

——南通师范高等专科学校党委副书记、纪委书记潘健

通过话剧《桂梅老师》，我更加认识了桂梅老师大爱无疆的思想境界。所有观众都被她的故事感动，感谢演出团队为我们提供了一份精神

食粮。我深知，我们师范院校是培养教师的第一关，我们培养教师最核心的要义就是要培养教师的一种精神，张桂梅老师为我们树立了榜样和标杆，今后我们会朝着这个方向去努力，把这样的理念融入教育工作中。

——南通师范高等专科学校继续教育管理处处长徐汝成

我不是一个轻易会落泪的人，但是看完这部剧之后，我无法平静下来。舞台非常简单，但特别震撼，故事特别感人。我们作为城市学校的老师，的确想象不到桂梅老师的艰辛，但都被她执着的爱感动着、鼓舞着。这对我们今后教育学生珍惜当下、好好读书是很有帮助的。

——海门师范附属小学张老师

当教师十多年，一些老师会进入职业倦怠期，但今天看了话剧《桂梅老师》，我感到十分惭愧。她在那么艰苦的环境下能坚守自己的初心，把一切奉献给教育、奉献给学生，特别是她创办女高，让女孩拥有学习的机会、改变三代人命运的理念我很敬佩。我被桂梅老师的精神深深感动着，心里也感受到一股强大的正能量，对今后的工作也更加充满信心。

——海门通源小学陆老师

桂梅老师的事迹鼓舞人心，荡涤心灵，当看到全体党员在桂梅老师的引领下宣誓时，我流下了激动而自豪的泪水，情不自禁地跟着演员们重温入党誓词。这个话剧给了我很大的震撼，也让我更加明白：共产党员就是要为人民服务的，尽管道路艰辛也要坚守初心，只有"真愿意"，才能激起"真动力"。

——杭州市拱墅区湖墅街道潘先生

您好，请加我的微信，把我拉入观众微信群吧！今天我观看的这场演出太值了，我会把这部话剧推荐给我的亲戚朋友们看，让他们多多关注张桂梅老师的故事。如果丽江华坪女子高级中学还需要，我们愿意捐款捐物，为山区的孩子们献上一份爱心。

——热心观众李女士

一场历时 110 分钟的话剧演出，没有绚丽的灯光、没有多彩的舞美，只有简朴的道具与宁静的环境，现场观众被全身心地带入剧情中，常感动得拭泪。演出结束后，剧场内雷鸣般的掌声经久不息，观众们还沉浸在剧中不舍离开。他们加入观众交流群，与剧中的演员进行热情的交流，纷纷谈论着对话剧《桂梅老师》的感受和对云岭高原的向往。

值得一提的是，话剧《桂梅老师》因前期巡演广受观众赞誉和关注，宜春的广大观众都迫切想看到这场精彩的演出，应宜春方的请求，原计划在宜春的演出又增加了一场。来自宜春市教育体育局及宜阳新区教育体育局等单位部分教师代表、党员干部代表和社会各界群众共 2500 余人分别观看了两场演出。为保障演出的顺利进行，宜春市保利大剧院调配各部门工作人员积极配合剧组开展各项保障工作。

当天上午 8:30，演员对光、走台；下午 3:30、晚上 7:30 连续演出两场，特别消耗演员的体力和精力。两场演出间隙仅有 1 个小时的休息时间，但剧组全体演职员克服一切困难，迅速调整身心状态，将两场精彩的演出倾情奉献给宜春的观众。

——宜春保利大剧院负责人

演员真不容易啊，把人性的善良、初心和信仰演绎得淋漓尽致。希望有更多的"桂梅老师"去帮助更多需要帮助的人。

人们只惊羡花儿的明艳，然而它当初的芽儿却浸透了奋斗的泪泉，演员共情能力极强，非常棒！

第一次接触，感觉像打开了新视界。

张老师的事迹感人，演员们的演出情感渲染到位，这是一群有爱的人宣传一位有爱的老师的话剧，很幸福。希望更多有类似教育意义的好剧目来宜春演出。

——宜春热心观众纷纷评说

红梅老师演的桂梅老师很像，配角一个人扮演多个角色，跳进跳出很灵活。编剧采用了反吐槽的方式，不写高大上，非常真实。

——观众杨先生

《桂梅老师》最吸引我的是多视角的呈现，既有宣传队的官方视角，又有桂梅老师本人的视角，还有她周围学生的视角，以及台下陌生观众的视角。

——观众李先生

附录三：演员心声

话剧《桂梅老师》自首演以来，走过昆明、丽江、武汉、华坪、北京等地。作为云南唯一入选的剧目，登上了中国戏剧节、大戏东望·全国话剧展、中国艺术节等舞台。演员们一步一个脚印，与角色融为一体，以桂梅老师的精神去表演，以对桂梅老师真挚而虔诚的感动去诠释桂梅老师的精神。

每位参与的演员，都把自己和桂梅老师交往的感受以及在《桂梅老师》剧组从排练到演出中的心得体会记录了下来，这是我们心中最完整的桂梅老师。

李红梅：作为演员，我一直想把《桂梅老师》呈现在舞台上。演员有大小，角色没有大小，我会认认真真对待每一次演出。

如果这个戏再往前走，我会更加努力，会认真对待每一个观众给我提出的意见，我会用百分之百的努力来诠释角色。

今年是我从艺 41 周年，不论好与坏，我都会用生命演好桂梅老师这个人物。

章超：在剧中饰演宣讲队成员、华坪女高教师、农夫、狱警、女高学生家长、桂梅父亲、六名党员之一。他是云南省话剧院国家一级演员、演员剧团副团长、导表演理论及实践方向硕士、文化和旅游部全国优秀青年拔尖人才、中国话剧协会西南大区话剧新星、云南省文化和旅游厅优秀共产党员、云南省优秀青年演员、云南省省直机关工委"最美青工"，获云南省第九届青年演员大赛一等奖。他的话剧作品有大型话剧《护国忠魂》，小剧场话剧《疯狂的谎言》《为什么不留下来吃早餐》等。

"桂梅老师常讲真善美，她说有真才有善，有善才有美，没有真，善和美说多少都是白费。这句剧中的台词恰恰就是演员表演创作的真谛。无论多么精妙的设计、多么精湛的技艺都是为发自内心的真实情感服务的。观众说'你演得真好'，但是我更希望通过自己的努力，得到观众说'他就是那个人'的评价，这就是我一直追求的。"这就是章超的心声。

刘佳：在剧中饰演宣讲队成员、老师、农妇、记者、家长、大姐姐、六名党员之一，云南省话剧院国家二级演员，获第九届云南戏剧表演艺术人才山茶花奖，云南省第十届青年演员比赛一等奖。云南省戏剧家协会会员。她的话剧作品有大型话剧《护国忠魂》《独龙天路》《生死倒计时》《搬家》《我的西南联大》等，小剧场话剧《钱多多嫁人记》《钱多多备嫁记》《疯狂的谎言》《一夫二妻》《拯救大兵友友》《杜拉拉升职记》等。

"爱是什么？如何把爱传递下去？什么是大爱无疆？我们剧组的每一位演员都带着这样的疑问，不断寻找着张桂梅老师的足迹，感受她的痛和爱，感受着她不求回报的付出。我们跟着她哭，跟着她笑，跟着她重走'来时的路'……她就像是我们头顶闪耀的星，那么遥远却又触手可及。朴实无华，兢兢业业，她无私地奉献着……我们要把她的故事传遍大江南北，讲给每一个人听，因为她说'真爱没有边界'……"

许猛：在剧中饰演宣讲队成员、老师、小贩、化学老师、局长、司机、六名党员之一。云南省话剧院优秀演员。他参演的话剧作品有大型原创话剧《刀安仁》《情结》《生者对死者的访问》等，小品作品有《雷场·情场》《老大不难》等。

"2022年3月9日—10日，我有幸随《桂梅老师》剧组参加了北京'大戏东望'戏剧展演，在北京人艺剧场演出两场，获得了各方领导、专家及观众的认可与肯定，内心感到无比自豪和骄傲。我是云南省话剧院一名演员，已步入中年，但论演出我还很年轻。阔别舞台多年，话剧《桂梅老师》是我重返舞台的第一部作品。能在剧中塑造多个人物形象，我深感荣幸，也倍加珍惜这个机会。为了扮演好剧中的多个角色，我反复研究、琢磨、实践，从排练到演出，始终用一种崇敬、神圣、真诚的态度对待《桂梅老师》这部戏，迎接压力和挑战。一年多的时间，我不断实现自我突破，找回了曾经在舞台上的自信，对表演也有了一些新的实践和认识。我将随着《桂梅老师》这部优秀作品不断成长，把桂梅老师的故事讲给更多的人听，让桂梅老师的精神生生不息！"许猛真切地说。

张玉臻：在剧中饰演宣讲队成员、老师、福利院阿姨、干部、犯人、英语老师、婆婆、江姐、六名党员之一。她是云南省话剧院国家二级演员，曾获云南省第九届青年演员比赛三等奖、云南省第十一届青年演员比赛表演二等奖（话剧场第一名）、云南省第十二届青年演员比赛一等奖、云南省新剧节目展演个人表演三等奖，两度获得原云南省文化厅"千乡万里送戏行"先进个人称号，参与演出的电影《爆裂无声》获第二届澳门国际影展评审团特别奖，主演的电视剧《乐事拐拐小楼上》获云南广播电视奖，创作的歌曲《新游春》获云南流行音乐大赛最具创意奖。参演的话剧作品有《www.com》《爱情合伙人》《生死倒计时》《拯救女兵豆豆》《疯狂的谎言》《独龙天路》《护国忠魂》。同时，她还尝试写作，编剧作品有《云岭情暖》《无悔的抉择》。

"第一次知道桂梅老师的故事是在 2009 年云南省英模先进颁奖晚会上。虽然我没有参演《桂梅老师》这个单元的节目，但每一次在这个节目排练的时候，我都在观众席感动得默默流泪。我惊叹于她的所作所为，我臣服于她的精神世界，这样'无我'奉献而有情于众生的人，不就是中国民间常说的'菩萨'吗?

"2021 年，机缘巧合，我参演了话剧《桂梅老师》。这是缘分，也是对我精神的洗礼！我始终觉得，艺术工作者是幸运的，我们在工作中提炼出生活的假恶丑与真善美，这二者撞击出的火花一次次点燃我们的灵魂，让我们更加深刻地去分辨出二者的本质，从而由心中绽放出美丽的花朵，芳香沁人心脾，惠及更多的人！有时，我也会迷茫，这工作到底是为了什么，是糊口还是热爱? 当有一天，我站在侧幕台等待开演时，我仿佛找到了答案。一个人掏空自己的灵魂等待另一个灵魂的注入，去向更多的人阐释一个你已经悟到的道理，这本身就是一件很神圣的事情，那一刻，我为我的工作找到了价值感与仪式感！

"作为一名边疆的话剧工作者，前不久，我踏上了中国戏剧节的舞台，踏上了首都剧场的舞台，我无比自豪。作为一名艺术工作者，我在生命中能与《桂梅老师》相遇，我无比感恩！就像我们剧里歌中所唱：'生命的长河与您相遇，阳光从此温暖又灿烂！'

"只有仔细观察、体验人物和生活，舞台形象才能刻画得栩栩如生。

剧作家完成了剧本创作后，演员便开始了角色的创造。演员要将剧作家笔下的人物立在舞台上，离不开对生活的认真体验和对人物的细致观察。角色的塑造不能只是简单地模仿，成功的角色塑造来源于演员平时对生活中的人的细致观察和长期积累，《桂梅老师》能够得到专家、观众的认可，离不开演员的表演。未来我们依然还会走到更多的地方，为观众讲述桂梅老师的故事。"

附录四：媒体报道

师道之美　启智润心

林玉萧　仲呈祥

　　由王宝社编剧，王宝社、常浩导演，李红梅主演，云南省话剧院、云南省戏剧家协会联合出品的话剧《桂梅老师》近期在北京保利剧院上演。该剧围绕"七一勋章"获得者张桂梅的人生经历，通过探索其"来时的路"为牵引，讲述一代楷模将身心投入民族地区教育事业，以师道之美培根铸魂、启智润心的故事，真实展现了山村教师的坚忍执着和无私大爱。该剧在精神高度、文化内涵与艺术价值方面积极探索，为英模题材话剧的创作提供了新经验。

　　讴歌时代精神，为先进典型树碑立传，是文艺创作的题中应有之义。《桂梅老师》为新时代脱贫攻坚大潮中的乡村教师传神写貌，鲜明体现了当前文艺工作的时代方向，而以话剧形式将桂梅老师的故事讲给更多的人听，向社会传递正能量，亦具有深刻的现实意义。剧情从宣讲队探讨时代英模"来时的路"为引子铺展开来，通过回溯人物成长的关键节点，展现了张桂梅40余年扎根云南山区的奋斗历程。剧中的桂梅老师既是"明镜"，也是"心灯"。她的人生经历如一面镜子，折射出善恶美丑、人情冷暖、时代变革。从发现贫困地区"蒙昧"导致的种种家庭悲剧，到建立全国第一所免费女子高中，实现"教育好一个女孩改变三代人命运"的理想；从四处奔走募捐遭受奚落质疑，到接受记者采访，引发全国关注；从学校师生一度流失面临关闭，到带领党员教师坚守一方阵地、改善一方水土、滋养一方人民……编剧从细处出发勾画出张桂梅的人生轨迹，剧情并未局限于人物自身的"小悲欢"，而是通过其内心成长的点滴来展示"大情怀"和"大世界"。在反映时代变革的同时，张桂梅的人性光辉亦如一盏心灯照亮了大山学子的追梦之路。该剧通过同事、学生等的回忆，搭建起多个舞台时空，艺术地叙述了桂梅老师拖着病体坚守教育战线、自掏腰包资助贫困学生、用知识改变山区女孩命运等一系列感人事迹，其在苦难与磨砺中不放弃高远的人生理想和教育理念，深刻体现了中华优秀传统师道之美和中国共产党人自强不息、厚德载物、无私奉献的高尚精神。

伟大出自平凡，英雄来自人民。塑造真实可信、有血有肉的典型形象一直是英模题材话剧的创作重点和难点。《桂梅老师》通过巧妙的戏剧结构和戏剧冲突，在不断的破与立、反思与重塑中探寻人物内心深处的精神世界。一是以"路"的意象串联起宣讲队对桂梅老师"初心"的探索，舞台上的12人分饰华坪女子高级中学的学生、儿童福利院的孩子、妇联的同志、新华社的记者、学校的同事等，他们从各自的独特视角讲述对桂梅老师的记忆，以多角度叙事还原张桂梅从教的人生之路，正所谓"说清了路也就说清了人"。二是通过戏剧冲突刻画人物形象，且这种戏剧冲突不仅体现在"戏中戏"的事件之中，更体现在层层递进的戏剧结构展示的人生之间。每当众人对桂梅老师的歌颂进行到形而上的思辨的关键时刻，张桂梅形象便会适时出现，打断、消解众人赋予她的"神性"："你们说的不对"，"赞美多了就会忘了来时的路"，"宣讲可以，但必须把我当人"……由此，引导观众不断反思、追问并贴近她的真实形象，回归对其"人性"的深刻思考。全剧结尾处，张桂梅将自己的师道归结为"爱"，且不是她孤军奋战的小爱，而是无数人汇流到一起的"大爱无疆"。宣讲人看到的、讲述的都是她遭受的磨难和挫折，但张桂梅自己回忆的则都是别人对她的关爱和善意，乡亲的支持、领导的鼓励、社会的捐助，都让她铭记心怀，感动不已。众人探寻她的来路，把它归结为信仰，张桂梅则进一步把这种信仰归结为华坪县的"热土"和人民培育的结果，是人民的爱让她坚定不移地走这条路，是众人凝聚起来的"大爱无疆"让她"倾尽全力，奉献所有，九死亦无悔"。至此，人物的知、情、意、行得到真实而完美的统一，并以独特的艺术魅力将张桂梅的人性与师道、崇高与平凡展现在观众面前。

《桂梅老师》审美化、艺术化地诠释了张桂梅的成长历程和精神世界，塑造了以仁爱之心传师道之美，以自强不息和厚德载物培根铸魂，以理想信念筑民族之根的新时代乡村教师的典型形象，是一部致敬当代人民教师的优秀作品。当然，该剧在戏剧结构的逻辑衔接、部分情节设计和台词的推敲方面，尚有提升打磨的空间。

祝《桂梅老师》精益求精，更上一层楼。

《文艺报》2022 年 8 月 12 日第 7 版

戏中有戏　魅力再现

季国平

以宣讲引导让往事重演，再现桂梅老师的人格魅力，该剧独特的戏剧结构和叙事方式，首先给我留下了深刻的印象。

《桂梅老师》一剧正是充分发挥了宣讲英模真挚朴实的情感优势，加上话剧非常擅长的"往事重演"、情景再现的形象优势，撷取了16个精彩的人生片段，生动演绎了桂梅老师的动人形象。

用宣讲形式展开剧情，可能也是表现桂梅老师最好的选择。数十年如一日，桂梅老师不屈服于清贫、困苦和病魔的折磨，长期坚守乡村教育阵地，艰辛地创办女子免费高中和儿童福利院，潜心教书育人，在平凡的工作岗位上做出了不平凡的壮举，改变了山村孩子特别是大山女孩的命运。40年的教师生涯，桂梅老师有大量可歌可泣的感人事迹，但这些事迹是零散的、时间跨度长，宣讲引导将其串联起来，形成了完整、生动、感人的戏剧情节。剧作家也正是如此，选择了最能体现桂梅老师精神世界和人格魅力的细节和事件，借助宣讲成员的串场和诸多事迹的情景再现，组合成一台构思严谨、戏中有戏的人生大戏，环环相扣，层层递讲，完成了桂梅老师舞台形象的结构创造。

难能可贵的是，"宣讲＋戏剧"的样式也能直指人心，揭示人物内心，提炼和升华剧目主题。《桂梅老师》从宣讲队讨论如何宣讲开始，重点聚焦张桂梅教书育人，聚焦改变山区蒙昧无知、改变大山女孩传统宿命等事件，集中揭示了桂梅老师形象的精神世界、人格魅力和时代价值。张桂梅的初心就是要改变贫困山区女孩的命运，树立远大理想和抱负，为社会做贡献。她一辈子没有自己的孩子，爱人玉汉的离世对她打击极大，她始终将学生当作自己的孩子，学生都叫她"妈妈"，大爱无疆的情怀一直伴随着她。剧目最后有关大爱的讨论引人深思，所有的人都去做才会有大爱，无数人的爱加在一起才是真正的大爱无疆，升华了人物的境界，也揭示了该剧的时代意义和精神价值。

《桂梅老师》的二度呈现是出色的，李红梅饰演的桂梅老师让人印象深刻。

在该剧中，无论是宣讲引导还是往事再现，张桂梅都是以第一人称出现在舞台上的。宣讲时，她是当事人，不赞成那些对她的夸赞语，强调一个"真"字。往事再现时，她是剧中人，总是以最为本色和朴实的面目示人。她反对被神化，她对宣讲队的孩子们说："妈妈一身病，妈妈还精彩？妈妈急了会骂人，因为妈妈是人。"真正能做到将英模人物还原为普通人，对演员来说也是新的挑战。应该说，李红梅出色地完成了这一角色的塑造，形成了该剧独特的表演风格。

李红梅饰演的桂梅老师以"真"塑人，把桂梅老师还原成一个普通的"人"。全剧的主题立意、形象塑造也正在于一个"真"字，用桂梅老师的话讲，"只有真才有善，有善才有美，没有真，善和美说多少都是白费"。桂梅老师平凡中见伟大的事迹，是由几十年人生中一个个真实动人的故事所组成的。以"真"塑人，不仅与朴实无华的桂梅老师形象相吻合，而且在朴实无华中最能见真情、见人性、见境界。

李红梅的表演又是以"拙"示人，真实自然、朴实无华、满腔热情、情真意切。她从人物出发，自觉降低表演艺术家的姿态，抹去明显的表演痕迹，还原到生活洪流中去，进入人物的心灵世界，准确地再现桂梅老师的形体、语言和精神。李红梅从十多年前就开始饰演桂梅老师，与原型有多年交往，在外形化妆上与桂梅老师有很大的形似，给观众的第一观感，她就是张桂梅。再者，李红梅又清楚地知道，仅有形似还不行，更要神似，需要准确把握桂梅老师的精神世界，还要精彩地表现出这一形象的精神内涵和人格魅力，把握好人物每一个事件的关节点和每一个细节的动情点，才能形神兼备地塑造好人物和打动观众。

此外，剧中很多场景都令我深深感动，一些大起大落的情感戏中，李红梅近乎出神入化的表演发挥了重要作用。

《桂梅老师》是一台感动人心的大戏，但舞美十分简洁。这是该剧给我留下的又一深刻印象。

当下不少的舞台剧创作，舞美奢侈是通病，不仅费钱，而且也未见得有益于剧目。《桂梅老师》的舞美除了几级台阶和靠近侧幕的一桌二椅，主表演区几乎空无一物，给主演和群演预留了丰富的表演空间，从中既可见导演的舞台调度功力，更可见主演的表演功力。桂梅老师本就是一位朴实真实的人物，该剧朴实无华的舞美风格是非常切合人物形象和题材的。而且，简洁的舞美也非常有利于到学校、到基层、到群众中巡回演出。

该剧为了完整地表现张桂梅40年的助学人生，贯穿了一个"寻找"的主题，寻找桂梅老师来时的路和走过的路，舞美设计的台阶，自然也就有了"寻找"的步步攀登、顽强拼搏的象征意义。剧中就有几次特别展示桂梅老师拾级而上、坚定顽强的背影，人景合一，意味深长。显然，舞美设计的台阶对塑造形象起到了积极的作用。

《中国文化报》2022年8月31日第17版

英模的感召首先要有血肉

崔　伟

人们经常有这样的困惑，生活中极为感人的事件与人物，为什么一搬上戏剧舞台，其本身的感动度与感召力就会令人遗憾地衰减？从《桂梅老师》中我们似乎找到了答案。那就是人物精神的展现不应总定位于其人生贡献的尖峰，而应回溯到其走向高光的旅程，《桂梅老师》就是这样。该剧好就好在努力走进张桂梅最为真实与平凡的精神世界，对她不同凡俗的举动进行捕捉、发现、梳理，并寻找她的精神出发点，体悟她的人性出发点，把不凡的行为还原为平实的原点，并以戏剧艺术进行血肉化、情感化、温度化的呈现，最终构成戏剧讲述艺术化、感人化的情节、细节、情感、动作。于是，这个舞台上，与常人无二甚至更加病弱多艰的女性，理想和行为的不同凡俗，也就可信可感、血肉丰满、焕发出令人信服、叹服的艺术征服力和震撼力。

编，是戏剧讲述的必然，但也是真人真事题材经常"翻车"的滑铁卢。《桂梅老师》在这方面寻找到的讲述方式巧妙而独特。作者固然要寻找并串联起张桂梅人生中的典型事件作为塑造人物、讲述故事的要素，但如何把这些散金碎玉般的生活素材有机构成戏剧结构，并能裂变出素材所蕴含的更大当量，《桂梅老师》富有匠心且有创造性。该戏首先找到了一个更大且巧妙、恰当的结构托盘，那就是张桂梅先进事迹宣讲团这样一个切入口。通过主人公对宣讲夸大和概念化了本人的矫正、诉说，把桂梅老师的内心世界和人生信念所奠定的平凡、大爱根基，特别是桂梅老师远大理想的起点，都自然而然书写出，丝丝入扣、可信可感。也因此，英模人物张桂梅才更加令人敬佩，发散出亲和力、体现出真实感。

桂梅老师的爱固然是大爱，但《桂梅老师》一剧妙就妙在把她的大爱起点紧紧放在身边的小事上来充分展开，以小见大，看到危机中人物性格、情感、境界、理想具有的深远和深沉。剧中，办女校、留女童这些在大都市中都是不存在的危机，在桂梅老师以前生存的环境中却普遍存在，甚至是无力解决的巨大难题。桂梅老师作为女性和教师，把女童和山村孩子的未来看得极为重要，因此，她才能颇有些孤军奋战地发起向社会的呼吁，奋不顾身带头予以改变。其实，张桂梅的奉献和伟大恰恰是在平凡中发光发热并不懈坚持下来的。正因为如此，她能翻山越岭去寻找弃学的女童，能坚持打一年电话寻找广东打工的女生，能够收养那些家庭变故的孤儿。其实，桂梅老师的人生理想是极为普通的，因为她拯救和爱着的都是山村中最弱小的女童和孩子。这种从身边做起的善举，何尝不是博大且超前的大爱，体现出最基层却是最需要的担当和最可贵的责任。这正是该剧的独特视角，以及让人物可触可感的关键所在。

在《桂梅老师》中，主人公不仅是大爱与坚韧、崇高与圣洁的，同时又是自尊与苦难的，这样，才最终立体塑造了血肉、性格、情感俱在的一个平民英模。戏剧准确捕捉到张桂梅的爱具有知识女性的特点，这在"酸奶事件""狱中生日"中显现得尤其强烈。这些情节生动而深刻地写出，她固然需要社会的救助，但却要求孩子不能失去人的尊严，当她发现孩子垂涎酸奶的美味而接受别人的嗟来之食，她打了孩子，目的是教育她自尊，继而又满怀深情买了几箱酸奶给孩子喝。她深谙幼小时心灵健康的重要性，为了疗治孩子亲历暴力的心灵创伤，她带领孩子到监狱和母亲共同过生日。这种情节也许在其他创作者眼中并非可取之材，但不能否定这种有些残酷并具有心灵救赎意味的细节，似乎恰恰表现出张桂梅爱的细腻和厚重。这样书写不因她面临困难展现出人性真实的脆弱而减色，相反，因为这种情感求助后的人生再出发的走向，极大焕发出她的刚强，也使人物情感丰满、浑圆鲜活。

舞台呈现的朴实、灵动是《桂梅老师》非常感动人的艺术看点。人们不能不深深赞叹李红梅的人物创造，那种"大匠无痕"的表演，真实还原了生活中张桂梅的心灵血肉，但通过舞台表演的创造又给予观者艺术成色极足的人物形象的清晰感。面对表演难度极大的形象创造课题，李红梅的成功正是奠定于她和桂梅老师的情感沟通与心灵共鸣、她对桂梅老师的精神的体会与形象捕捉。于是，舞台上的张桂梅形成了巨大的艺术征服力。

《中国文化报》2022 年 8 月 31 日第 17 版

"这一个"张桂梅

刘彦君

在创作者笔下，这是一个有着明显异于常人性格的人。她抠门、计较，组织上开茶话会，别人都在以茶酒相敬、联络感情，她却手持空袋子，盯着桌子上的花生糖果跃跃欲试，时刻准备着一扫而光，还大方地劝告"你们别不舍得吃啊，吃剩下了我再拿"，吓得大家赶紧推说自己不爱吃这些东西，打包送给她……参加"中国十大女杰"颁奖仪式，她住在宾馆吃饭时不好好享受美食，而是打听每天的伙食费是多少，然后找到会务组，强烈要求把伙食费退给她，并争辩说："一天125块钱，那是我一个孩子一个月的伙食费。一个月的伙食，怎么能让我一天就给吃了！"得了癌症被送进重症监护室，醒来的第一件事不是询问自己的身体状况，而是带病跑去提前领取自己的丧葬费，人家好心解释，丧葬费是人死以后才给的，她却坚持："就是知道我才要的呀，我死了再给我8个月的工资，谁去领，领了给谁？给不给儿童之家我也不知道。我想趁我没死，还是提前领出来比较好……"

这是一个有着特别思维模式的人，朝夕相处、知冷知热的丈夫去世后，她接受不了，就数次跑到虎跳峡和大江边去自杀殉情；男孩子晚上打扑克不肯按时睡觉，她就抱着被子，冲到男生宿舍与他们同睡；一位高中女生因交不起学费，跑去广东打工，她就坚持打了一年多电话，直到把她追回来参加高考。

她还是一个敢于打破常规、意志坚定的人。为了建一所不收费的女子高中，她甚至跑到大街上，拿着自己"中国十大女杰"的证书、"全国优秀教师"的奖状，去向小老板、菜贩子、路人甲、路人乙乞讨要钱："我叫张桂梅，我们大山里的女孩上不起学，希望您能捐款、献爱心……"而且，这一要就是 5 年，忍受着常人难以忍受的白眼，甚至是侮辱。

这样一个人，并不具备很多剧中的英模超人般的能力，也没有他们"神性"的品格光辉，更没有振臂一呼、万众响应的领袖般魅力，有的只是面对贫困和愚昧时永不妥协的毅力与"捞出一个是一个"的誓死追求理想的决心。在讲台上，她是高调传授知识的老师；在街头，她是俯身低头乞讨的"乞丐"；病房里，她又是那个伤痕累累，因为疼痛不停哭喊、令医生头疼不已的脆弱患者……

一方面，她是勇敢的化身，总能用自己异于常人的智慧与勇气做成每一件事情；另一方面，她又是一个疾病缠身、举目无亲、时而被嫌弃的人生失败者。然而，正是这样一个充满着纠结与矛盾，可以说并不完美的形象，刷新了英模剧中那种意念化、平面化的人物塑造模式，赋予了张桂梅这一角色可以被多番解读、多次诠释的人物内涵。

这个卸下了生来就意志坚定、无坚不摧等英雄外壳的张桂梅，这个从来不说那些"妇女解放是衡量一个社会文明程度的天然尺度"等豪言壮语的张桂梅，似乎更能代表每一个普通人。在面对无比强大的现实和极端困苦的处境时所能做出的极限挑战，其间的艰难、痛楚和欢乐，伴随着眼泪和笑声在舞台上辗转弥漫，冲击着人们的感官，令人们心酸的同时，又感受到振奋与鼓励。

《中国文化报》2022 年 8 月 31 日第 17 版

一束光点燃的希望

刘玉琴

张桂梅60多年的人生历程跋涉得辛苦而又艰难，却也行进得无比壮丽。她带病扎根云南贫困山区40余年，推动创建了中国第一所免费女子高中，彻底改变了2000多名山村女孩的命运。虽然她人生的曲折难以想象，困苦贫穷，中年丧偶，没有儿女，孑然一身，20多种疾病如影随形，但她的意志和梦想始终像草木一样顽强生长。创作者没有描述她一生的生活轨迹，没有去刻意展示她的生活不幸，而是以她的"来时路"为切入点，选取最能揭示人物性格和内心世界的重要节点：从一名普通中学教师到"办一所免费女高"的梦想；从开启募捐之路到免费女高终于建立；从一半老师辞职、刚建3个月的女高面临移交关门，到灰心不已，再到华坪女高历尽磨难走上正轨，在不断递进的情节推进与反转中，突出表达了张桂梅的梦想、信仰和热爱、努力。梦想、信仰是一个人生命的方向，但也像一粒种子需要阳光和土壤。张桂梅心中的阳光土壤，除了巨大的悲悯、同情、善良之外，还有她对社会的感激和感恩。华坪这块土地给了她温暖和勇气，她想用毕生的热爱与努力来报答，所以她的梦想与信仰由来有自，落地花开。

聚焦于张桂梅的梦想与信仰，所有的戏剧行动中推动她不断向前的力量是爱与被爱。她心中的所有热流都是用爱铺就的。她希望"所有人都付出，让爱有良性循环。无数人的爱加起来，社会就有阳光和温暖"。戏剧的开头、结尾，张桂梅的黑板上，一直没变的是爱："孩子们，我爱你们，我想你们，我等你们。"面对贫困山区的穷困蒙昧，她用她的爱把自己作为一棵树，种在了丽江华坪女子高级中学校园里。她用知识改变山村孩子的命运，阻断贫困代际传递，用文明、自强的精神影响着下一代。她像一束光，以爱为光源，拼了命去照亮女孩的追梦人生，也照亮自己的生命行程。作品没有把她挂在"云端"，而是褪去其"中国十大女杰""时代楷模"等荣誉光环，在不断的为什么、怎么做的层层寻找中，抵达人物的内心，让人物心中有爱、期待爱的良性循环的梦想和信仰变得真实可信、可触可感。在她朴实直率、单纯善良、执着忘我中迸映出无私大爱的高尚情怀，剧作也在"让爱良性循环"中走向高潮。创作者对英模人物事迹的提炼和形象塑造，对人物精神内核和事件重心的把控能力，以及人物精神世界的不断升华，传递了共产党员人生信仰的驱动性意义和时代精神的激励性作用，为英模题材的戏剧创作提供了崭新的透视路径。中华优秀女性的善良与悲悯、感恩与回报、坚韧与顽强，在张桂梅的形象塑造上得到突出展示，她的个体行为体现了中华民族优秀传统文化的深厚底蕴，一个人的梦想与一群人的改变，也使英模人物与普通大众产生有机关联。梦想的高度与人性的温度相映生辉，英模人物身上散发出浓厚的时代气息，张桂梅的形象由此成为独特的艺术存在。

一位诗人说过，一定要爱着点什么，它让我们变得坚韧、宽容、充盈。张桂梅因为爱，把自己生命的精华调动了出来，倾力一搏，像干将、镆铘一样，把爱熔进自己的剑里，因而活出了不平凡的光彩。张桂梅的精神重新标示了生命的价值。人总要爱着，才能活得更坚强。

舞台结构巧妙智慧、别开生面。全剧不同于英模人物的常规性表达，而是跳出传统线性叙事结构，运用"戏中戏"套层结构，将"现在"与"过去"两个时空交错进行，在往事重演、时光穿梭的讲述中，渲染场景气氛，拓展人物心灵，为塑造人物提供丰富而广阔的表意空间，展现多方位的生活场景。全剧对如何表现、怎样讲述英模故事所做的否定之否定结构方式的尝试，充满探索意味。演出一开始，就是华坪女子高级中学接受上级任务，组织一支宣讲队，到全国各地宣讲桂梅老师的事迹。每到宣讲队用力歌颂之际，张桂梅就会出现，对他们高词大调的赞美予以否定："你们在说谁，这是我吗？你们说得不对。"张桂梅不许宣讲队把她捧成"高大全"，不许用"仁爱之心""大爱无疆"来形容她，更不能在赞扬声中忘记了她来时的路……这些要求，一时把宣讲队弄得不知该如何宣讲。在回顾"来时路"到底是什么样的过程中，宣讲队渐渐找到了张桂梅超于常人的地方，那就是她的梦想、热爱、善良和倔强。在张桂梅不断的"否定"与宣讲队不断的"寻找"中，一个真实、平凡、普通又坚定、顽强的张桂梅走向前台。作品将否定之否定的哲学原理与戏剧结构美学相结合，对英模人物的形象塑造大胆突破与超越，艺术地揭示张桂梅光芒背后的时代托举之力，为立体化塑造英模人物提供了新参照。

运用宣讲队的方式完成情节叙事和转场的空间切换，同样别具一格。大幕拉开，十多位演员组成的宣讲队分别饰演张桂梅的同事、学生、记者、路人等，他们既是叙述者、亲历者，以勾连情节，又是氛围的制造者、渲染者，以表现特定情境，更是戏剧效果的引导者，推动戏剧进入高潮。张桂梅一路走来所遇到的爱的感悟和传递，实现了时代英模生活真实化与艺术化的有机对接。多层次、多元化的戏剧表达，升华了人物的境界和全剧的题旨，展现了传统戏剧形式与现代戏剧审美的相得益彰，打开了讲好中国故事的新视点，为英模人物题材创作带来新经验。

《中国文化报》2022 年 8 月 31 日第 17 版

我和桂梅老师

田婉婷

入选国家艺术基金 2022 年度传播交流推广资助项目后，讲述张桂梅老师感人事迹的大型原创话剧《桂梅老师》开启了全国巡演，并将于 8 月 9 日登陆北京保利剧院。

从 2009 年与张桂梅结缘，到将《桂梅老师》搬上话剧舞台并在全国巡演，张桂梅的扮演者——云南省戏剧家协会驻会副主席、秘书长，2022 国家一级演员李红梅用 13 年的时间达成了心愿。从艺 40 余年，李红梅曾出演过《中国缉毒警》《玉观音》《为了这片净土》《汶川故事》等诸多影视作品，但在她看来，《桂梅老师》是自己一直在等待的戏。

2022 年 7 月 28 日，李红梅在接受《北京青年报》记者专访时表示，"桂梅老师的事迹感动了无数人，能将她的感人事迹展现出来，让更多人看到，作为演员，我非常幸福"。

渊源："将张桂梅的故事搬上话剧舞台，圆了我 13 年的心愿"

"第一次和张桂梅老师接触是在 2009 年"，"七一勋章"获得者张桂梅带病扎根云南贫困山区 40 多年，推动创建了中国第一所免费女子高中，帮助几千名女孩走出大山，改变了命运，感动了无数国人，而李红梅和张桂梅的缘分要追溯到 2009 年。李红梅介绍说，当时自己还在云南省话剧院工作，那一年，在云南省英模先进颁奖晚会中，云南省话剧院创作演出了王宝社担任编剧、导演，讲述桂梅老师的短剧《感恩的心》，李红梅就在短剧中扮演张桂梅。

"演短剧的时候，我第一次知道了张桂梅老师这个人，被她的事迹深深感动。"因为晚会的需要，当晚，李红梅演完短剧，就会邀请张桂梅上场。虽然已经过去十几年了，但提到当时的场景，李红梅记忆犹新，"我在台前演，她在侧幕台看。当邀请她上台的时候，她哭得跟泪人似的，因为她当时的身体特别不好，整个人很憔悴，我看到她这个样子就特别受不了，我俩在台上紧紧拥抱在了一起。"

从那之后，创作一部以张桂梅老师感人事迹为题材的原创话剧就一直萦绕在李红梅的心头。其间几经搁浅，终于在 2019 年得以实现。

采风：一起生活两个多月，收集了 400 多个故事

2019 年，已经调离云南省话剧院的李红梅被邀请回去再度在晚会上演出短剧《感恩的心》的片段，张桂梅的事迹再度感动了观众。李红梅没想到时隔这么多年，这部戏依然能有如此强大的生命力，这让李红梅更加坚定地要将张桂梅的故事搬上话剧舞台。在领导和同事们的帮助下，这件事情很快便促成了，李红梅还联系了王宝社一起到华坪采风，"那两个月我们与桂梅老师天天在一起"。

去华坪之前，李红梅联系张桂梅说："我去了住你家行吗？"张桂梅说："我哪有家呀！"李红梅还以为张桂梅是在开玩笑，到了华坪才知道，张桂梅就和学生们住在一间宿舍，"她睡在下铺，陪着孩子们一起睡"。

虽然多年不见，但李红梅一直和张桂梅保持着联系。在华坪重逢的时候，两人就像多年的老朋友一样，"那天晚上，我到了她的学校，她拉着我说，'来，打开灯，让我看看红梅长成什么样子了'。说话的语气就像老大姐一样，特别亲切"。时隔多年，李红梅依然记得张桂梅的一举一动，在华坪采风的每一天都让李红梅非常感动。"我跟着她一起查房，那时候是冬天，已经晚上 12 点了，她还站在寒风中等学生们从教室回到宿舍。"看到张桂梅几十年如一日的付出，李红梅非常心疼。她总是劝张桂梅要多注意身体，张桂梅却总是不以为意。"华坪在一个山坳里，很冷，风又大，我担心她身体受不了，劝她坐一会儿，她还不肯，很坚决地要完成自己的工作。我跟着她只经历这么一天，而她却是天天如此，真的让我很感动。"

李红梅每年都会给张桂梅寄东西，却从未见张桂梅穿过、用过。"我也不好问，后来她的好闺密告诉我，她哪里会穿啊，都给了孩子们，她真的是比母亲还伟大。"

正因为从 2009 年就结下了友谊，所以张桂梅对李红梅非常信任，华坪采风的日子里，每天都跟她讲很多故事。两个多月的时间，王宝社收集了 400 多个故事，为话剧的创作打下了坚实的基础。

创作："桂梅老师是真实的人，而不是神"

经过了一年多艰苦卓绝的创作排演，这部由王宝社编剧，王宝社、常浩导演，李红梅领衔主演的话剧终于在剧场与观众见面了。

而对李红梅来说，排演的过程异常痛苦。"剧本创作出来我就特别忐忑，压力非常大。桂梅老师是一个伟大的人，但她也有很多脾气和性格，我们要写成一个真真实实的人，而不是神。"13 年的准备，对张桂梅的深入了解，都让李红梅特别想要将这个角色诠释到位，因此她对自己的要求非常高。由于角色的需要，李红梅排练的时候天天哭，再加上各方面的压力，她在半年多的时间里竟然瘦了 7 公斤，整个人都脱相了，眼睛也因为一直哭，视力下降得很厉害。

可喜的是，李红梅将采风时期观察到的张桂梅老师的一举一动都刻在了骨子里，"她的率真、她的喜怒哀乐全都记在我的脑子里"。从声音，到体态，再到角色的内心情感世界，李红梅都诠释得非常到位，可谓是形神兼备。这部心血之作于 2021 年 6 月在昆明首演，得到了专家和观众的一致认可。此后，话剧《桂梅老师》在一次次演出中不断打磨提升，将剧中人物塑造得更加细腻动人。扎实的剧本、精湛的演绎、生动的细节，都令看过该剧的观众感动不已。

2021年11月，李红梅带着《桂梅老师》到华坪演出，在张桂梅身边工作了20年的同事跑上台抱着李红梅大哭道："太像了，你演得真的太像了。"看到这些评论，李红梅把心放到了肚子里，"我的心愿多多少少还是尽到了，我把桂梅老师立在了舞台上，通过我的塑造，让她的精神传得更远，让她所倡导的大爱无疆通过我们的艺术手段展现出来，唤醒人们心中爱的源泉"。

作为云南打造的文艺精品，《桂梅老师》先后被列入"云南省文艺精品项目""2022年度国家艺术基金传播交流推广项目"，曾获第十六届云南省新剧目展演优秀剧目奖、第十七届中国戏剧节优秀剧目、第五届华语戏剧盛典组委会与中国话剧理论与历史研究会推选的"建党百年主题创作十佳作品"。

在李红梅看来，每个女人都爱美，但走近桂梅老师之后，李红梅改变了，"什么才是美？被别人需要才是美，才是你最大的幸福。作为演员，我们能把张桂梅的感人事迹讲给更多人听，就是我的幸福"。

北京青年报客户端2022年7月28日

附录五：二十大代表风采

云南丽江华坪女子高级中学党支部书记、校长张桂梅
点亮山里女孩的梦想

李茂颖

"要扛得住晒，狂风暴雨都不怕！"云南丽江华坪女子高级中学操场上，张桂梅正陪着新生一起军训。

"女高的精神嘛！"旁边的人接话。

"对！"看着女孩们训练的身影，张桂梅温柔地笑了。

张桂梅，云南丽江华坪女子高级中学党支部书记、校长，华坪县儿童福利院（华坪儿童之家）院长。1974年，17岁的张桂梅从黑龙江来到云南，一个偶然的机会，她走上了讲台，从此扎根边疆教育事业，一干就是数十年。

2001 年，张桂梅兼任华坪县儿童福利院院长，白天上课，晚上照顾福利院的孩子，她成了学生和孩子们的"张妈妈"。

张桂梅所在的华坪县，以及周边的宁蒗彝族自治县、永胜县等地，山高谷深，不少地方曾是深度贫困地区，很多女孩早早辍学。于是，张桂梅决心筹办女子高中，点亮大山里女孩的求学梦想。历经数年努力，在党和政府以及社会各界帮助下，2008 年，全国第一所免费的女子高级中学在华坪建成。不挑生源，张桂梅心中只有一个信念：只要山里的女孩愿意读，女高就是她们的家。

建校 14 年来，2000 多名女孩从这里走出大山，走进大学。

清晨，华坪女子高中的学生五点半起床，张桂梅起得更早，手持喇叭，唤醒学生开始新的一天。课间操时间，张桂梅守着做操的学生们。晚自习，她又雷打不动地巡查课堂。深夜，她便等在宿舍楼，催促学生入睡。每到寒暑假，张桂梅挨家挨户做家访，足迹遍布高山峡谷。高考时，张桂梅坚持 12 年送考、陪考，从不缺席。"我们要把女高的学生培养成国家的人才！"张桂梅说。

全国优秀共产党员、"时代楷模"、"七一勋章"……面对荣誉，张桂梅初心不变。"让学生们远方有灯、脚下有路、眼前有光。"65 岁的张桂梅，如今病痛缠身，然而在面对学生时，她的每一句教导都充满力量。

"我既感到无上的光荣，又感到责任重大。重任在肩，唯有接续奋斗。"当选党的二十大代表后，张桂梅说，"我会一如既往地守护着孩子们，把她们送出大山，接受更好的教育，到外面的广阔天地磨炼意志，增长才干，做一个对国家和社会有用的人。"

《人民日报》2022 年 10 月 9 日第 4 版